在邵逸夫身邊的那些年

蔡瀾——著

蘇美璐—圖

目錄

邵氏片廠

在社交平台中看到一幅照片，真的可以用百感交集來形容，那是邵氏影城的主要建築。外牆像一個老去巨星剝脫的化妝，如果邵逸夫先生看到了，也會像西洋人形容，在墳中翻個身吧？

我從小因家族關係，已認識了邵先生，後來自然而然地跟隨着他，在他身邊最少也有三十多年。對於這個皇朝，我有講不完的故事。

記得有一次和金庸先生在意大利旅行，乘着車子從意大利的維比拉亞海邊一直走到羅馬。在車上為了解悶，就聊起邵先生的事蹟，也不知不覺地談了好幾天，聽得查先生夫婦津津有味。我知道他們是不會告訴別人的，所以沒有保留，對外我就從不公開。

現在故事中的各個人物都走得七七八八，我自己的記憶也大不如前，是時候把記得的事寫下來了。不必有甚麼顧慮，反正都是真正發生過的，沒有添油加醬。事實到底是最有趣的報導，這段歷史要不留下來，也將永遠埋葬。

回到照片中的那座建築，在光輝的日子中，大門的側邊路上一直停泊着多架汽車，有邵逸夫先生的勞斯·萊斯，小生們的跑車，各種型號，和

HOUSE

女明星的賓士。另有多輛福士九人座小巴士，這是來往清水灣和市區的主要交通工具，在七十年代非常流行，又便宜載人又多，只是缺少冷氣，也從來沒有聽人抱怨過。

門口是接待處，有位電話接線生守着，對面有一排沙發讓來訪者等待。

再爬上二樓就是邵逸夫先生的辦公室。他在家族中排行第六，我通常稱呼他六先生，我不肯學別人叫他為六叔，非親非戚，何必諂媚？

六先生喜歡電影，他是真正地愛好，並不像鄒文懷先生只當電影是事業。六先生一有空就往他辦公室外的試片室裏鑽，他有一個專門為他放映的職員，名字叫阿邦，非常忠心，住在宿舍，隨傳隨到，二十四小時為六先生服務。

試片室外掛着一幅巨大的溥心畬的山水，沒有人懂得欣賞，也沒有人想偷，現在是價值連城的作品。

再爬到三樓，就是個餐廳了。當年影城中有三個餐廳，一個在大廈的三樓，一個在攝影棚中，一個在第一宿舍旁邊，來客都是鼎鼎大名的演員和導演，如果能坐在其中，是何等榮耀。

六先生在六十多七十歲時還是很健壯，又常練太極拳，他一口氣從大門爬到三樓，一點也不氣喘，也常笑那些出名的導演走不到兩三步路就要他們的老命。指的當然是張徹，他可以不動就不動，從影城中的宿舍到攝影棚常乘他那輛法國雪鐵龍轎車，連短距離的攝影棚和攝影棚之間也不肯走路，到了晚年他的腰已彎得不能直起來，實在是一個悲哀的狀態。

但從我對他的第一個印象，完全不是那個樣子的，他當年還是「阿飛」，前額留着一束打着鈎的頭髮，時常用手去捲。張徹很注重儀態，身上衣服總是穿着同一個顏色系列，有時還把打火機放在桌子上，指着給人看他的袖口扣子和打火機是同一牌子、同一設計的。

我還沒有正式被調派到影城之前，只到過兩次，那是我從新加坡乘飛機來香港，再由香港坐郵輪到日本時。第一次走進邵氏大廈三樓的餐廳，簡直像劉姥姥到了大觀園，整個餐廳佈滿了各種歷史人物，時裝和古裝。當年對歷史的考據並不嚴格，不管是甚麼朝代，都叫古裝，之後的叫時裝，可笑得很。

只見嘴含着大雪茄的，就是導演了，導演有導演樣，不戴着個巴雷帽，不含大雪茄形象就不行了，還好他們沒有把麥克風的傳聲筒拿在手裏。最典型的是岳楓導演，他咬着大雪茄咳嗽個不停。

大明星也來了，但不叫餐廳裏面的菜，她們有兩三個跟班的婆娘，拿着好幾個食格，一格格地把不同的菜餚拿出來請導演們吃。其他工作人員，包括茄喱啡，都不會來到這棟大廈主要的食堂。

我在日本半工讀，一下子就學會了製作，在那裏負責一切到日本來拍外景的工作，凡是有雪景的片子，都來日本拍，所以認識了岳華和王羽。

第二次來邵氏片廠時，他們兩個剛好都在拍戲，看到了我，堅持收工後請我吃飯，我左右為難，不知道和誰去好。他們都年輕，血氣方剛，爭執之下，就大打起來，也不像電影裏那麼拳來腳去，只是互毆，後來乾脆扭成一團，跌到溝渠裏面去，好在沒有記者在場，否則報導起來實在成為笑話，我寧願是兩個女明星為我吵架。

我這篇東西，扯東扯西地寫，並沒有按照年份，也不分次序。自從出現了一個塔倫天奴之後，電影也可以亂剪，我的記載，也就是那麼想到甚麼寫甚麼，最後如果能輯成一本書，那就是大喜事了。

大華戲院

和

大世界

我們一家與邵氏兄弟的關係淵源深遠，家父蔡文玄到了南洋之後就受聘於邵氏，當中文部經理，所謂經理，也是一腳踢，總之任何有關中文的事都得處理。

父親為人溫文爾雅，雖然替人打工，也不卑不亢，這個傳統留到了我，也是同樣的態度，我們一家是文人，也有文人的骨氣。

自從有記憶就知道了這家叫大華的戲院，當年發行電影是由邵氏負責的，父親當了經理。我家就在戲院的三樓，一走出來便看到銀幕，真是從早看電影看到晚。

戲院是在一九二七年由檳城富商余東旋（1877~1941）所建。余東旋是廣東人，小時就培養起對粵劇的興趣，傳說中是他的第三個妻子也會唱粵劇，有次到牛車水去聽，遭人所拒，回家後向先生告狀，余東旋一氣之下在新加坡的牛水車買了地皮，興建自己的戲院，叫「天演大舞台」，請了當時的英國著名建築家士旺和麥肯林設計。

戲院外表最顯眼的是那五幅粵劇人物的造型，千方百計不惜工本地在大陸燒成牆磚，一塊塊嵌起來，至今還企立着，因為是瓷磚關係，不會生苔，也當然不脫色，歷久如新，各位有機會到新加坡不妨順道看看這座歷史性的建築物。

一九四一年我在戲院的家中出生，根據我姐姐蔡亮記憶，是由接生婦在家裏接生的。到了我三歲時，有了記憶，是每天走出來看電影。當年新加坡已被日本佔領，放映的都是日本片子，有一部我記得最清楚，是李香蘭主演的《萬世流芳》（1943），主題曲的《賣糖歌》聽得如雷貫耳。

從三樓的家走出來，就是一個包廂式的露台，有個石頭做的欄杆，相當廣闊，我不停地看電影，眼瞓了就在那大欄杆睡覺，一不小心就會掉到樓下去，好在命大，沒有發生過災難。

因太平洋戰爭已到了尾聲，前來轟炸的飛機變成是英國人的，大華戲院目標大，避免不了，一顆大炸彈就扔到了我們的屋頂，好在沒有爆炸。但卡住了也不是辦法，反而是日本兵前來拆除，兵工隊小心翼翼地把炸彈鋸開，取出撞針，臨搬走時，家父請求把炸彈的尾部那翼子留下，又到玻璃匠處做了一塊大型的玻璃鏡面，鋪在炸彈翼上，當成了我家的飯桌。

三歲生日那天，英國空軍又來炸了，媽媽剛好煮了一碗麵給我吃。潮州人的傳統，生日要吃甜湯煮的麵，麵上還有一顆雞蛋，焓熟後剝殼，後用一張寫揮春的紅紙把雞蛋染紅。

我先把蛋白吃了，警報聲大作，大家都逃到防空洞去避難，看着那顆

M
MAJESTIC
大華戲院

留到最後才吃的蛋黃，實在誘人，我忍不住一口吞下，卡住喉嚨，如果不是爸爸從我背後大力拍打吐出來，便會被蛋黃嗆死，從此一生人只愛吃蛋白，絕對不去沾蛋黃。

在日本軍統治下的新加坡，六先生也被抓了進黑牢，他有一次告訴我：「人沒有想像中那麼脆弱，我被關進牢中七天七日沒有東西吃，也沒有水喝，但是死不了。」我聽了半信半疑，但也不好意思去質問真假。

日本人知道要安定民心，總得給人民娛樂，就把六先生放了出來，戲院由他去管理。大家會奇怪在那段痛苦的日子還有人有心情去看電影？說的奇怪，人心越是恐慌越是往戲院中鑽。

六先生生了二男二女，二女兒和我同月同日誕生，她還記得小時的教育沒有學校讀，她們一家都由我媽媽當家庭老師教導。在戰亂時期女性最強，邵家已不發薪水，媽媽負責起全家的收入，到郊外採了許多野生芒果，是又硬又酸的，把這些芒果用糖醋浸了，切成一片片地在路邊叫賣，也賺了不少錢。

當年客人付的是日本政府發行的紙幣，記得背面印有一棵蕉樹，樹上生了一大串香蕉，人們都叫它為「香蕉紙」，紙張和印刷技術粗糙，很容易假，但也沒人去假。

因為我們家有收入，父母的許多朋友都來借債，日本人投降之前沒有人來還錢，一打敗了大家都揹着一大袋一大袋的香蕉紙來歸還。

媽媽看着那一大堆的香蕉紙哭笑不得，就拿來給我們當玩具，我們把一張鋪平，一張疊摺，一連串地變成了一條條紙龍，亂踢一番，哈哈大笑。

新加坡光復後，爸爸繼續為邵氏打工，我們搬到一個叫「大世界」的遊樂園中，爸爸花了六十塊錢搭了一間木屋，稱之為「六十元居」。

「大世界」的原本概念來自上海，邵氏兄弟想家，但歸不得，就在新加坡買了一塊地，依照上海遊樂園的藍圖建起來，裏面先有電影院，接着是舞廳，然後有真人表演的舞台、商店等等。人們戰後都要娛樂，「大世界」生意滔滔，同樣地又建了「新世界」、「娛樂世界」等等。

家父當了「大世界」的經理，我就在那裏長大，戰後沒有學校，一群左派人士就在娛樂場之中組織，像打游擊一樣，這間戲院、那間舞廳中成立臨時教室，讓孩子們有地方上課，六先生很樂意借出這些場所。

最記得第一課上的是「咱們都是中國人」，這個「咱」字還是第一次認識的。六先生後來也提起此事，他建立學校的願望，也是從那時候種下種子。

三先生

唸初中時到了週六常到父親的辦公室，等他中午放工一齊去吃飯。

那是一棟三層樓的大廈，位於新加坡羅敏申路，是邵氏公司的辦公室，一樓是發行部，堆滿了等着輸送到各家戲院放映的一盒盒圓形鐵盒菲林。

父親說，那叫為拷貝，由英文的 copy 一字音譯過來。一個盒裝了一卷一千呎的底片，每部電影大概有八千呎。經過發行部，有條樓梯，爬上了二樓是中英文職員的辦公室，家父就在那裏工作。

樓梯旁邊的牆上，掛着一幅巨大的照片，已有點發黃，那是邵逸夫先生和他哥哥邵仁枚先生在上海影樓拍的照片，邵仁枚先生在邵氏家族中排行第三，大家都叫他三先生。

真是奇怪，兩位已經成年，穿着西裝的人，還像小孩子一樣，小的坐在大的膝上，在當今，只是同性戀者才肯做的姿式，可以看見兩人的關係，是那麼親密的。

許多年後，我再到現在的邵氏大樓找這張照片，管理邵氏資料室的是六先生的孫子Chistopher，我問他找不找到這張照片，他回答沒有印象，見也沒見過。

我還問他有無兄弟們往來的信件，他也說不知道放在哪裏了。如果能夠尋覓，那才是邵家歷史最珍貴的資料，因為兩兄弟即使不見面，也從來沒有停止過書信來往，六先生來了香港發展後，三先生寫給他弟弟的信，由家父負責，爸爸是一個完全能夠守密的人，一些事只告訴了我，他也知道，我遺傳了他的道德修養，不會講給別人聽。

家父說他一生從來沒有見過感情那麼深的兄弟，一切無所不談，包括最秘密的男女關係和健康狀況，連最輕微的傷風感冒也談個不停。

我不問，家父當然也不會提起，我是一個不談別人私隱的人，偶而和家父聊的，是三先生如何援助他弟弟的往事。邵氏片廠在別人眼中，總是風光，但背後也有不順利的往事，製作的片子有個時期一部接一部地在票房中失收，三先生由新加坡把錢匯過來，一筆又一筆，甚至有個年代要把

房地產拿到銀行抵押，才能填滿邵氏片廠無底的洞。

那種兄弟情是當今前所未有的，已經沒有任何事可以將兩人的情份拆開。他們之間，還有一個最後的堡壘，那是在日本東京的銀行開了一個戶口，把最值錢的房地產地契、鑽石和富克蘭金幣都存進那個保險箱中，那是兩人最後的防線，互相答應不會去碰它。

六先生偶而也會向我提及他們兄弟的事，像兩人最初都替他們的大哥邵醉翁所創的「天一」片場工作，六先生十幾歲時已拿着又重又大的攝影機到處去拍新聞片，剪輯之後，在正片之前放映，有甚麼重要的事件或災難，都會出生入死地跑去記錄下來。

六先生後來又向一位叫徐佔宇的攝影師學習，開始在一部叫《珍珠塔》的戲擔任了大部份的攝影工作，可是當電影上映時沒有他的名字，這時開始了他想脫離「天一」公司的決心。

「天一」在上海電影界冒出後，名字叫「天一」，有「天下第一」的意思，惹起其他電影公司的杯葛，趁這機會，他們兄弟向大哥邵醉翁提出，把《珍珠塔》這部片子拿到新加坡去，打開那邊的市場。

想不到去了新加坡，也遭受到其他發行公司的包圍，沒有人肯把戲院讓他們放映，兩兄弟就租了一輛貨車，把片子拿到鄉下，架起銀幕，在露天放映起來，大受歡迎。六先生常提起此事，自豪得很。

因為所有事都親力親為，性子又急，各地方跑來跑去，在星馬嘛，說英語的人多，總得取個英文名，六先生就叫自己跑跑 Run Run，而三先生的中文名仁枚，也順理成章地叫為 Run Me，這兩個字用上海話讀起也適合。

至於邵這個姓氏，英語拼音應該是Shao，六先生認為外國人記起來沒那麼容易，反正大家都知道有個叫Bernald Shaw的文豪，不如就改成Shaw吧。

而到了南洋，不講英語不行，六先生和三先生一齊勤學起來，報了一個英文班學習，六先生告訴我：「最初班裏有很多人報名，我排的是三十五名，輪到我報出姓名時，我忘記說是邵逸夫，My name is thirty-five卻衝口而出了。哈哈哈。」

有了英文名字，便得有英文招牌，好萊塢大公司有華納兄弟，招牌是一塊盾牌，兩兄弟照抄，也用了一塊盾牌。不怕人說抄襲嗎？六先生回答：「不是抄，是借用。」

精工小姐

從小就喜歡看電影，在學校時也盡可能逃課，把頭埋在戲院中。父親在邵氏當中文部經理，櫃桶藏有一本贈券簿，我一直冒認他的簽名，拿去免費看，母親給的零用錢，也大多數花在看電影。

當年電影院分國泰和邵氏的天下，我不斷地一場又一場，但看的多都是好萊塢片子，忍受不了到了一半就唱起歌來的粵語片。

電影院一天放映六場，早上十點半、中午十二點半、下午兩點半、五點半，晚上七點半和九點半。到了星期天有早場，一大早八點半開場；週末有午夜場，十二點放映到半夜三更。

中學時有個同學叫楊毅，家裏給他買了一輛士古打，我們上完一兩堂課後就不見人影，學校還是要穿短褲時，我們的書包裏總有一條長褲，換上就跑。

有一年暴動，馬來人和中國人打起來，全城戒嚴。另一年反英國殖民統治，也鬧得沒有公共交通工具，我們幾個學生就從家裏騎了腳踏車到市中心去看戲，生活總離不開電影。

到了出國年齡，家庭狀況雖是沒有能力到美國學電影，求其次的是日本了，在戲院上的日活公司石原裕次郎電影，把銀座拍得大放光明，東南亞哪有幾個都市能像東京那麼明亮？

到了日本之後，也是每天鑽去戲院裏，當年也是日本電影的黃金年代，每年製作幾百套。一上映就是兩部新片，通常是一部有大明星主演的，夾着另一部小製作的，同期放映。他們沒有散場的規定，觀眾只要買一張票子，如果不走出戲院就可以看一整天，當然也沒有人傻到那麼做，除了我。

一走進去就買了麵包，同樣的片子看完又看，連續幾天，看到對白都能背出來，我的日文，就那麼地獄式地學習。怎麼樣都要盡量在短時間內把日語講好，因為知道父母供我出國不是一件易事。

學校叫「日本大學」，這間大學實在大，分很多學部，我上的是藝術學部的映畫科，校址在江古田區，學了幾個月後已知道教的是理論為重，失去興趣。

一天，接到父親來信，說六先生指定要我擔任邵氏公司的「駐日代表」。

甚麼叫做「駐日代表」，要做些甚麼？我一點概念也沒有，也硬着頭皮說邊做邊學。

上一任駐日代表叫吉田修一，是位紳士，非常友善地把工作一一交代給我。

最主要的是管理邵氏電影的沖印品質，當年的彩色沖印都要在一家叫「東洋映像所」裏面進行，香港拍好的底片先寄來沖洗，再印出黑白片，當時叫為「毛片」，寄回香港。剪接師把毛片剪好，把上了對白片和音樂的聲片，寄回東洋映像所，這邊的技師把彩色底片按照香港的毛片剪了，加上聲片底片字幕底片，一共三條，印出的電影，才叫「拷貝」。

寄來寄去，當然有時會出錯，好像影像和聲片對錯，術語叫「不對口形」，字幕出現時和主角們講的也會出錯，等等等等；最主要還有彩色沖印得漂不漂亮，都要一一檢查。

通常一部電影要印十幾個拷貝，賣座的要印幾十到百多個，分別送到各國的戲院放映。

這個工作讓別人管，看一次就夠了，但輪到認真的我，一點差錯也要怪自己怪個半天，所以每個拷貝都要看一次，看得滾瓜爛熟，雖然冗悶，但是剪接的基本功因此非常穩紮穩打。

另一個重要的任務，是購買日本電影到香港和東南亞放映，所以要盡量看。每次新電影都要去看試片，在這段期間和日本五大公司的關係打得

SEIKO

很好，因為我代表買家，他們對我也很尊重。

還有數不完的瑣碎工作，像拍動作片嘛，一定要用血漿，當年也只有日本做得好，不但顏色像，還要好吃，大明星們含在口中噴出來才不會覺得噁心，都是從日本運去。其他道具，像噴火的槍械也全部代為購買。

好玩的是電影明星，需要整容的話，都得服務，因此和日本最出名的「十仁病院」關係搞得最熟，每年都會給他們很多生意。院長說要回報，打量了我老半天說：「你的下巴太短，不如送一個下巴給你！」

我聽完把他趕走。

當年林黛拍戲拍得一半，自殺了，電影《藍與黑》的下集只好找一個人來做替身，也派她來整容，結果怎麼也整不像。

還記得有這麼一個趣事，那時候長途電話費貴，通訊都用Telex。我接到一封，說：Please pick up miss seiko at airport。

Seiko日語中也可作「性交」，甚麼？要我去接性交小姐，後來搞清楚，才知道是「精工」，工展會選出了精工錶小姐是邵氏演員，來日本整容，要我到機場去接。

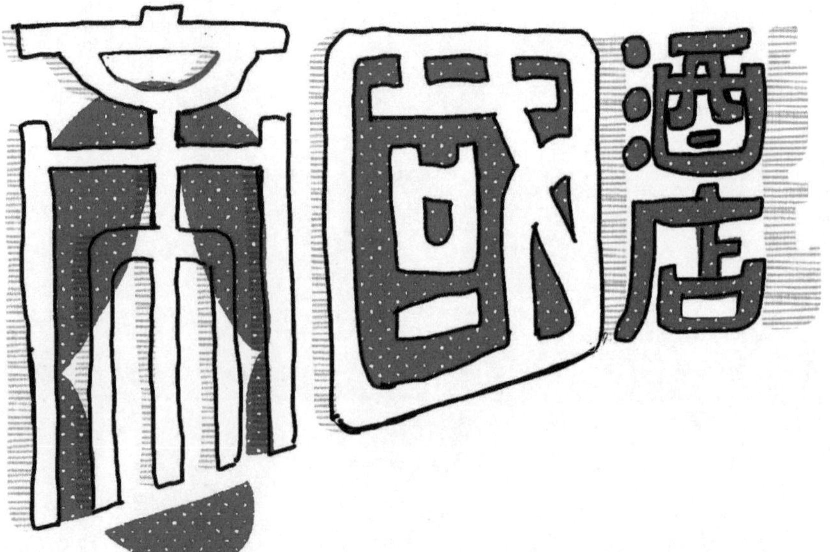
帝國酒店

我第一次見到六先生，是在他的生日，三先生為弟弟開了一個小型的派對，請了些同事，我父親是座上客，也把我帶了去。

記得我大概是十四五歲吧，年輕人總是望快點長大，留了些鬍毛，唇上有一八字鬍，六先生看到了，笑着說：「我幾十歲人，還沒有鬍子，你倒留了不少。」

「長大了一定剃掉。」我回答。大概是當時留給六先生一個好印象，他一直記得我這個晚輩，後來得知我在日本留學，想起了就跟家父說：「人既然在日本了，不如替我做些事。」

駐日代表就因此而起。

我生於小康之家，一直不想父母為我的學費負擔，有這個機會，欣然接受。

最初做這個工作甚麼都不懂，先是負責六先生和他家人來東京時的翻譯。六先生很喜歡吃日本東西，尤其是鐵板燒，在銀座附近有一間叫「Misono」的餐廳，是他的最愛，好像百食不厭。

住的是帝國酒店，當年還有Frank Lloyd設計的舊翼，由火山石搭成。六先生和酒店經理的關係良好，一到了就買兩瓶黑牌尊尼獲加威士忌送他；當年能夠喝到紅牌已是大事，有黑牌已是最高級的禮物。經理有個姓氏，中國人聽到總會大笑，叫「犬養」，甚麼？是狗養的？

通常六先生是單身來的，有時也帶家人，他的太太身材肥胖，是位很仁慈的女士，我們都叫她六嬸，六先生很會看人的眼神，指着六嬸，說：「我很瘦，命中屬木，六嬸她，屬土，兩人配得剛好，哈哈哈。」

六先生身為巨富，但還是很節省，沒住甚麼總統套房，有時只住雙人房，有時來間小套房。一進房間，第一件事就是把衣服掛好，要住幾天就帶多少套西裝，料子都是最貴的絲質布料，人們叫為四季裝的，春夏秋冬都可以穿；他的內衣內褲也是訂製，全部絲綢做的。

吃的也不全是大魚大肉，常向我說：「你吃甚麼，我就吃甚麼，帶我去就是。」

有次吃厭了酒店中的早餐，要我帶他去街邊吃，火車橋下有一檔賣牛雜的，非常美味，就和他去了，看他吃得津津有味時，火車從頭頂經過，轟隆作響，架子上的碗碟被震得落下一個，剛好掉在那一大鍋牛雜裏面，濺得他全身都是。

這時他也沒生氣，只是皺皺眉頭，也不怪我，輕聲說：「人家不是故意的。」

牛丼
牛丼
牛丼
もつ煮

偶而三先生也來東京與弟弟匯合，開了另一間可以打通的小套房，兩人一聊，就談到天亮，臨睡前打電話告訴我翌日不出門了。

三先生帶着太太，我們都叫她三嬸，樣子端莊，可以看得出年輕時很漂亮的，我從來沒看過那麼一位友善的女士。

在這段期間，我第一次遇到方逸華，我們都叫她做方小姐。方小姐不算漂亮，第一個印象是嘴巴很大。後來我遇到何莉莉的媽媽，她從來不叫方小姐，只是豎起拇指和食指，放在嘴邊。

方小姐在東京時對我客客氣氣，我當然也很尊重她。她和六先生很少同時抵達東京，總是一先一後，多數是先和她的男朋友，一位又白又胖的年輕人，是位菲律賓華僑，福建人，有時我們用閩南話交談，他沒有中文名字，英文名是Jimmy Pascal，我們都是年輕人，很談得來。

Jimmy和方小姐住了一陣子，等到六先生來到，就搬出去，臨走之前他們三人也一齊吃飯，有說有笑，我一直沒有搞清楚這種關係，後來有次家父來了東京，我們聊起。

「六先生是怎麼認識方小姐的？」我禁不住好奇心。

爸爸說：「方小姐最初是與一個魔術師的助手，人年輕，身材又好，很快地兩人好投緣，是六先生栽培之下學習演唱，當了歌星。」

「和她男朋友呢？六先生怎麼容忍？」

「有許多人際間的關係是很複雜的，六先生容人之量最大，你以後便會慢慢地了解。」父親說。

這一點，我後來果然覺察。當年六先生一直培植着李翰祥，李翰祥背叛了他自己出去搞國聯公司，到台灣拍戲，和六先生打對頭，後來沒有成功，在走投無路時回到香港，託人向六先生求情，六先生愛才，原諒了他。當時方小姐已坐鎮，大力反對，但六先生沒聽她的，讓李翰祥回來，拍了一連串賣座的電影，這時爸爸告訴我關於六先生的容人之量，我才開始了解。

六先生是非常尊重有才華的工作者的，據說李翰祥還沒離開之前，對六先生也不太客氣，這些六先生都忍了下來，這種量，不是常人能夠做到的。

六先生一向教導我：「如果你喜歡電影，就得想辦法不要離開它，黃梅調不賣錢了拍功夫片，功夫片不賣錢了拍風月片，主要是賣錢才能生存，沒有對和不對的。」

方盒

邵氏公司的日本辦公室位於東京的八重州，可以從東京車站步行過來，十多分鐘便能抵達；更近的是乘地鐵，京橋站下車，一下子就到。

躲在一條小巷中，走上二樓，就是我工作了近七年的地方，面積小得不行，只有四百平方呎左右，放了四張辦公桌。

職員除了我，就是秘書市川榮小姐；我的助手是留學時的同學王力山，他是出生於韓國的山東人。後來業務漸忙，請了來自台灣的王曉青，四個人樂融融地替邵氏公司做了不少事。

那時主要做的是由雜務轉向製作工作，香港的外景到來日本拍攝，我們都得安排。從甚麼都不懂到認真地招聘攝影隊，一點一滴，從頭學起。

最先是簡單的拍攝，幾天到幾個星期，第一部負責的是《飛天女郎》（1967），岳華、方盈和羅烈主演，導演是中平康，當年他拍的《瘋狂的果實》（1956）在日本大賣特賣，是部新潮電影，後來因酗酒，在日本的工作漸少，六先生看中他的才華，聘請他來港拍戲。

這是一個馬戲團的故事，香港沒有馬戲團，就請了日本最著名的「木下馬戲團」來做背景，那時木下的大本營在日本的千葉縣，當年還是一個很鄉下、很落後的地區。

岳華先到，他是一位讀書較多的年輕人，上海出生，在那邊學聲樂，來港後參加了邵氏的演員訓練班。這是六先生想出來的主意，他說為甚麼要受大明星控制？為甚麼老是要付那麼多錢請他們，為甚麼自己不能訓練一班青年人，把他們培育成下一代的大明星？

訓練班由顧文宗先生主持，早年他來過南洋，和家父私交甚篤，沒地方住就住在我家裏，常告訴我些電影人的故事，我最愛聽了。他本身也做過演員和導演，脾氣可大，拍外景要等天晴，天晴了還要等雲朵飄到最適當的位置，後來當然不合時宜了，就當起這個訓練新人的職位來。

訓練班叫南國，和岳華同期的是鄭佩佩等，兩人都講上海話，最談得來。當時的年輕人都抱着滿腔熱血，希望為電影做一番大事業。

外景收工後岳華和我也一直談個沒完沒了。大家的酒量都不錯，買了一箱箱的啤酒大喝特喝，啤酒喝多了沒甚麼反應，就喝起威士忌來，最便宜的叫 Suntory Red，是雙瓶裝的一點五公斤，乾了才有些酒意。

喝酒沒有東西送，三更半夜也沒宵夜吃，就在冰箱中找到了一根當早餐的醬蘿蔔，橙黃顏色，又鹹又甜。本來是切成一片片送飯的，但旅館中三更半夜哪裏去找刀來切？就把啤酒蓋當成利器，鋸開長條的醬蘿蔔，你一口我一口那麼送酒，岳華多年後還一直記得這件事。

喝酒喝到三更半夜，突然聽到砰砰砰的巨響，怎麼一回事？酒店的工作人員也都睡了，我們就跑到樓下去看個究竟，原來是有人在大力踢鐵閘。

打開一看，站着個身材高眺的女孩子，是方盈。公司叫她一個人搭了飛機來到東京，說有人來接，但是當年的 Telex 不靈通，常誤事，我們都

沒收到信息。

她單身從香港飛到羽田機場，指手畫腳地把地址給遇到的人看，又雞同鴨講地搭了電車，又搭巴士，再乘的士，最後抵達外景隊住的旅館。

看到了我們，她才抱着岳華痛哭一番。想想，才十七、八歲，當今的女孩子一定沒有她那種膽識一個找上門；到了按門鈴又沒有反應，急起來不管三七二十一地踢門。我最記得她穿的是一對白色的長筒靴，在六十年

代最為流行，看到她的白靴因走路走到染滿是泥濘，因此我對方盈的印象特別好。

方盈後來也沒有大紅大紫，可能是個性問題。她有她個人的思想，不懂得表現出來，可惜在後期患了一個怪病，可能是類固醇打得太多，臉上起了凹凹凸凸的腫塊。不能當演員之後，她因為看了很多美術方面的書，對美學很有研究，就當起美術指導來。我後來在嘉禾工作，也請過她拍了不少電影，後來也在香港金像獎的美術指導提名過，可惜在二〇一〇年一月十三日因胰藏癌逝世，終年六十一歲。

導演中平康連續為邵氏拍了好幾部片子。在晚年他已對藝術沒抱以希望，來了香港拍的戲，都是他舊作的翻版，因為不想影響到年輕時的英名，改了一個中文名字，叫楊樹希。

另外在日本拍外景的是《狂戀詩》（1968），重拍《瘋狂的果實》。背景是一個遊艇會，當年香港還沒流行這一套有閒階級玩意兒，就得來日本的葉山地區拍攝。

由香港先到來的是金漢和胡燕妮，他們最喜吃日本菜了，尤其是魚生，我就帶他們去一家著名的壽司店，兩人說他們甚麼都敢吃：「蔡瀾，你吃甚麼我們就吃甚麼！」

我頑皮起來，叫了鮑魚的腸，他們看着那綠油油的生東西，以前見都沒見過，既然已誇下了口，想照吃，但遲遲鼓不起勇氣，眼瞪瞪地看着我一大口一大口吞下，到最後，還是舉不起筷子。

雪地外景

來日本拍攝外景的戲越來越多，凡是需要雪景的，要是沒有大明星的電影就去韓國雪嶽山拍攝，要是大導演名演員的，就來日本。

其中有一部叫《影子神鞭》（1971），由鄭佩佩主演，羅維導演。當年羅維可是響噹噹的導演，再加上他的太太劉亮華是首席的製片，一隊人浩浩蕩蕩地來到，我請導演先去考察外景地，但他說不必了，有雪就是，我聽了皺皺眉頭，怎麼那麼不負責任，我心裏想。

到了雪地，羅維身穿了多重厚外套，把身體包裹像一個大粿子，頭上罩了一個套子，只露出眼睛，像摔角手那種，樣子頗為滑稽。

鄭佩佩個性剛烈，說一是一，又很正直。這位小姐除了拍戲，從不應酬，也從不與同行打交道，六先生也提起過她，說她真的像個女俠。

和鄭佩佩談起天來，知道她很好學，說會向六先生提出，拍了這部片後就留下，和另外兩位女子一齊來日本學習舞蹈。這兩位一叫吳景麗，身材短小，佩佩一直叫她做小鬼；另一個非常高大，後來才知道她是佩佩的未婚夫原文通的妹妹。之後她們在日本的生活起居，都由我照顧。

戲拍起來，羅維一看到是文戲（只講對白，沒有動作的），就叫副導

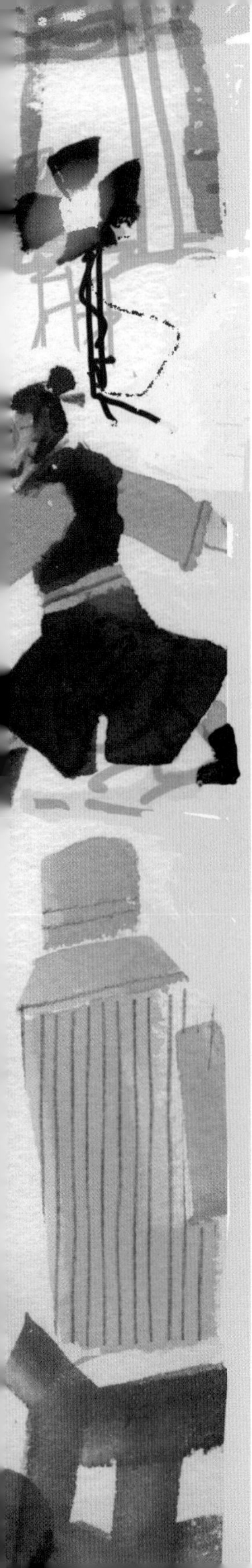

演去拍，一遇到武戲（全動作的），就叫武師指導二牛去拍，自己躲起來在火爐邊取暖。

我年輕氣盛，又對電影充滿憧憬，認為導演是一項神聖的工作，怎麼可以那麼輕率？就和羅維吵了起來，這可惹怒了製片劉亮華，說要向當時的製片經理鄒文懷告狀，一定要把我炒魷魚。

我知道已經大禍臨頭，將工作詳細地交代給助手王立山，然後一個人返回東京去。

想不到到了辦公室，又接到鄒先生的 Telex，要我趕回現場。也不知是鄒先生幫的忙，或是六先生下的命令，不准炒我，結果回到現場，劉亮華看到我，也當成甚麼事都沒發生過，繼續地把外景拍完。

後來我哥哥蔡丹接了爸爸的位置，當了邵氏中文部經理，也經常要來香港買片子。羅維當年自組公司在外拍戲，當然得應酬我哥哥，請他到天香樓吃飯時，也叫了我陪客。和羅維幾次交談，發現他是一位相當單純的男人，沒有甚麼壞腦筋，我過去的向他發怒，是衝動了一點。

來拍雪景的還有張徹，是一部叫《金燕子》（1968）的戲。當年張徹已是大紅大紫，與我第一次在香港遇到的他完全不同了，氣焰甚大，帶了一大隊工作人員到來，副導演是午馬，武術指導是唐佳和劉家良。

《金燕子》是部大製作，我把整個東京辦事處的職員都調到外景隊來，還有我學校的同學、友好等等，都來幫手。

我一直想不通的是，《金燕子》這個人物是承繼了《大醉俠》裏面的女主角角色，和張徹一直拍的以男主角為主的剛陽戲格格不入呀，鄭佩佩當時也這麼懷疑過。

張徹能言善道，把鄭佩佩叫去，解釋這個角色在戲裏是舉足輕重的，其實，張徹的心裏早已經決定把戲着重在男主角王羽的身上，所講的一切，不過是騙騙她罷了。

佩佩人單純，也相信了張徹，後來戲拍到一半才知道不對路，但是已經太遲，挽回不了了。

大家都住在長野縣鄉下的唯一一間大旅館中，昔時日本旅店的傳統，是每一個人一間房，還把住客的名字用塊木牌寫上，掛在門口。

張徹在當副導演時師承徐增宏，脾氣可大了，喜歡罵人，時常在片廠中大發脾氣，張徹也學了過去，叫午馬檢查服裝道具時，缺了甚麼，就把他罵個狗血淋頭。旅館中的日本工作人員看得頗為他可憐，輪到寫名字在木牌上時，他們的姓氏沒有一個「午」字的，但用動物為姓，像帝國酒店經理的「犬養」，倒是很多。看午馬甚麼都要做，覺得是做牛做馬，所以把名字的木塊寫成「牛馬」，午馬要他們更正，他們死都不肯。

吃飯是個問題，香港來的人慣於吃肉，但是當地日本人主吃魚，肉賣得很貴，在鄉下也難找。吃了多餐魚之後生厭時，忽然大家看到有大塊牛扒，即刻吃得津津有味，其實鄉下哪來的那麼多牛扒？都是我叫當地獵人打了一些熊來充當；打不到熊時，就吃起馬肉來，我不說，大家也都不覺察，一直讚好。

外景的大小問題都要我解決，有天王羽發脾氣說不拍了，要回香港，也由我擺平。長滿荻花的原野上有很多蜻蜓，我就去抓，王羽看我每抓必中，十分有趣，自己抓就抓不到，要我教他。

原來蜻蜓長了很多很多的眼睛，只要乘牠停着時，用手指從遠處靠近，一面靠近一面打圓圈，蜻蜓有複眼，看久了就頭昏，像被催眠似地一動也不動，就能一把抓住，王羽照辦，也成功了，大喜。

玩久了，煩惱也忘了，繼續拍戲。

張徹

在拍《金燕子》外景時，大家同住一間鄉下旅館，是當地最好的，但也沒有私人浴室，日本到後期才有這種豪華設施，要洗澡嘛，到大眾浴堂去。我們這群難得有溫泉泡的年輕人可樂了，辛苦了一天，收工後的最大福利，是浸在熱水中，快樂無比。

但奇怪，就是沒有看到張徹來泡，那麼多天了，不洗澡行嗎？日本人竊竊私語，說你們的導演是不是 Okama？Okama 照字面的意思是鐵鍋，也指同性戀。

一天，收工後張徹把我叫去他房間，日本同事們聽到了都說蔡瀾你這次慘了，屁股要開花。我也有點擔心，但是導演叫到，沒有理由拒絕。

進了房，張徹把窗口和門關緊，我心中開始發毛，但是沒有甚麼事發生，張徹不過是把他拍攝意圖告訴我，不想給其他工作人員聽到罷了。

關於張徹的行為，眾人都有那麼懷疑過，為甚麼他不與女明星談情說愛？以我和他接觸幾十年所了解，是他身體可能某部份有點缺陷，喜歡的是自己缺乏的所謂「剛陽」，圍着他身邊的一群契仔，個個都是肌肉男，他很欣賞這些，有時候禁不住摸摸他們的手臂，就此而已。如果說有同性戀傾向的話，那是一種精神上的，像《魂斷威尼斯》（1971）的老音樂家欣賞美少年那種。

張徹原名張易揚，浙江青田人，讀大學時專修政治，有些人謠傳那是一間專門訓練間諜的場所。畢業後他跟隨的大都是政治人物，但後來覺得沒有甚麼前途，去了台灣參加電影工作，其中一部戲的主題曲《阿里山的姑娘》是由他填詞的。

在台灣發展也不順遂，張徹去了香港，在《大公報》寫影評，用了一個「何觀」的筆名，當年的影評寫得最好的，也只有金庸先生和他兩個人。

後來加入了邵氏，六先生對此人的印象也不深，做了幾年副導演後得到一個機會，當正導演拍了一部叫《蝴蝶盃》（1965）的武俠片，六先生看了很不喜歡，下令要補拍。邵氏影片有這麼一個傳統，把完成的戲第一個讓六先生看，他覺得情節莫名其妙就要重來，輕的是加上幾場戲說明，重的是把整部片存進貨倉，不讓上映，金漆招牌重要過一切。許多年輕導演都要經過這段考驗，補戲對他們來說是沒有面子，莫大的羞恥，其實我們之後看來，這是何等的幸福，有人肯花那麼大的學費來讓你有第二個機會，是求之不得的事！

張徹的第二部戲《虎俠殲仇》（1966）就過了關，鎖定他當導演的地位。因為同是浙江人，張徹和金庸先生的交情特別好，和倪匡更是親密，有天他向倪匡說要改編金庸作品，倪匡回答：「那麼長篇大論，兩個鐘頭怎拍得完？要拍的話，採用其中一段情節，或者拿到一個概念，就成了。」

從楊過這個人物得到的啟發，倪匡替張徹寫了《獨臂刀》（1967），這部戲在當年大賣特賣，破了一百萬港幣的票房，張徹從此被冠上「百萬導演」的銜頭，事業一帆風順。

在這段期間，張徹招攬了易文和董千里。前者原名楊彥岐，出生於文人世家，開始為電影插曲填寫歌詞，後來也當上了導演。來邵氏時他已風光不再，住在宿舍中，喜歡寫情書給女編劇，他死後這些私信被找出來，公司裏的人問我怎麼處置？我覺得是他個人私隱，沒把它們公開，和他一起埋葬了。

後者董千里是位來自浙江的老報人，也寫過不少小說，他人長得又高又瘦，記得最清楚的是他有一個鷹鈎鼻，誇張得很，如果拍起巫師戲來，不必化妝的。

張徹、易文和董千里三人組織了一個說客團，每天在下午四點正，六先生吃下午茶時段，就在辦公室外等待，六先生一有空就把他們叫進去開會，風雨不改，就算張徹有戲拍到一半，也停止一切，下午這個會一定要開的。

談些甚麼呢？多數是今後要拍甚麼戲的方針。三個人你一嘴我一舌，說服力特別強，這也可能是張徹在政治學校學到的技藝，三個人把六先生包圍得緊緊地，任何人都插不進來。

題材太多了，江浙人小時就知道《刺馬》這齣戲，六先生一聽馬上拍手贊成。早年在上海流傳的典故，像馬永貞、仇連環等，也是他們熟悉的，當然也開拍。

談妥後第一件事就是找倪匡，他也是上海長大，對這些傳說很熟悉。和倪匡聊時六先生也把我帶在一起，這時氣氛沒有那麼嚴肅，多數在尖沙嘴寶勒巷的一間「大上海」餐廳一面吃飯一面談，我對滬菜的認識也從這個時候開始。熟客們到了不必看餐牌，帶位的侍者叫歐陽，拿出一個筷子紙筒出來，拆開了，裏面寫着時令蔬菜名；也並非每個人都看得懂，好像寫的「櫻桃」，代表田雞腿，因為那塊肉圓圓地，像顆櫻桃，寫着「圓菜」的，是山瑞或甲魚，還有草頭、馬蘭頭種種野菜，都是當年一一學會。

酒是喝得不多的，六先生和張徹都不好此道，只有倪匡，一瓶XO白蘭地，他老兄咕嚕咕嚕一下子就乾掉，面不改色。老酒入肚，說的歷史人物更多，新劇本就一個一個產生。倪匡是高手，一個劇本三天就寫完。如果是寫邵氏以外的戲，導演們說要趕，越早完成越好，倪匡作勉為其難狀，說兩個星期後來取，結果他老兄也三天寫完，放在抽屜中，等他們兩個禮拜後謝天謝地拿走。

張徹最大的功勞，是把武俠片和功夫片帶進一個潮流，反轉了當年以女明星為主的文藝片陰氣。

到了一九六九年，好萊塢出現了山姆．畢京柏，拍了一部台譯《日落黃沙》（The Wild Bunch）的西片。戲中年華已逝的英雄們為金錢去保衛一個小鎮，一個個犧牲生命，在慢動作中中槍無數，血液飛濺。

張徹大受震撼，之後都用這種方式來表現英雄們被殺的手法。當時吳宇森也受到影響，他當過張徹的副導演，在試片室中看毛片時一個個鏡頭記下，不大出聲，非常勤力，張徹喜歡罵人，但從來沒有罵過吳宇森。

一部部的賣座電影出爐，張徹的英雄們除了流血，還要剖開肚皮，拉出腸來。這些血腥鏡頭也不一定被電檢處通過，尤其是星馬，每次都要被剪得一塌糊塗，有時還說要整部戲禁掉。三先生從新加坡來信，再三地要六先生命令張徹收斂，六先生也試了，張徹就是不聽，弄得大家很是頭痛。

這時候我已當上了製片經理一職，片子有些過長，有些過於殘忍，就得由我和剪接師姜興隆來想辦法，但又怎麼說服脾氣極大的張徹呢？

拜賜於當年在日本檢查拷貝時看了又重看一切邵氏電影，我對剪接已有很深的認識，加上姜興隆這位高手，兩個人把張徹拍的場面修完再修，剪得不會中途亂跳，合情合理看得下去。完成後放給張徹看，他最後也點了頭，不再爭辯。

在張徹的主張下，六先生也同意從日本請了一群武師，他們把武打場面叫為「殺陣師」，是動作指導的意思。日本的廝殺場面多數是英雄殺了一個又一個，其餘的歹徒在旁邊等男主角殺完才下手，張徹認為極不合理，要上就一齊上，何必等？這種動作反過來影響日本武俠片，五社英雄等導演學習了過去。

張徹很少離開攝影棚，有時也會跑到我的辦公室喝杯茶。我一向知道他的書法了得，就準備了紙墨請他寫一幅，張徹毫不思考就下筆，寫了一首詩送我，最後的簽名把他家鄉也寫上，叫自己為青田張徹。怎麼開頭怎麼結局，何處留空，他都預算得精準，這是經過嚴格書法訓練的人才做得來的。

發起寫字的興來，張徹會寫一幅大的，叫美術指導放大印在數十呎純白佈景上，白底黑字，英雄人物穿着白色服裝，在慢動作中舞着劍，走向鏡頭來，頗有詩意。

戲拍久了，弊病也跟着來，張徹要睡到下午才起身，發的拍戲通告都是早班，拍得超時，工作人員也可以撈一點過鐘的補貼。

另外是用的武師，打殺後死了不少，躺在地上的到了第二天拍戲時換了一批臨時演員當死屍，收錢卻是武師的錢。這些毛病在後來都被方小姐一一抓出，加上服裝道具都要經過方小姐核數的採購組一一報價，阻礙越來越多，到了後期，還有禁止張徹發早班通告等等。

張徹發現箍在他頸項的圈子漸緊，至到不能呼吸時，他向六先生提出要自組公司，到台灣去拍戲事。

「沒有了我做的後台，你行嗎？」六先生問他。

張徹拍了胸口說：「拍成的片子由邵氏發行，要是虧了成本，都由我自己負擔。」

「怎麼負擔呢？」六先生問。

「萬一虧了，就由我的導演費中扣好了？」

六先生一算，要投下去的資本不少，就要張徹的二十部電影的片酬當保證。反正拗不過張徹，就放他一馬，他那塊招牌還很硬，交來的電影賣座不會差哪裏去，也就答應他的請求。

張徹到了台灣，也轟動一時，國防部也借出他們的空軍海軍，拍了不少戰爭片。

但到底台灣味和香港味不同，後來拍的武打戲也沒有之前那麼精彩，片子一部接一部地失敗，到了最後慘敗歸來。

六先生原諒張徹一切，張開雙手歡迎張徹回來，張徹本來可以賴皮不還錢的，但他也照着承諾不收片酬地為邵氏開戲。那個年代，還是量高於質的，邵氏的戲院需要多部新片來支持。

張徹只知道工作，身體完全不理會，腰也開始彎起來，耳朵也聾了，他還是每天照開工，片廠是他的一切；後來也到了大陸開戲，訓練出一班武師來，但武俠片潮流已過，不能起死回生。

張徹身體不行，腦筋卻還是很靈活，耳聾聽不到電話，就以傳真來與外界溝通，黃霑一去傳真，即刻得到數十頁的回覆。漸漸地也沒人理他了，但還是住在邵氏宿舍裏面，方小姐再三派人叫張徹搬走，但張徹說：「請六先生自己下命令，我即刻搬！」

始終，六先生是念着他那份情，讓張徹留下，最後他在二〇〇二年得到香港電影金像獎的終身成就獎，同年逝世，享年七十九歲。

井上梅次

導演們要說服六先生開戲，第一關就是得說服他把故事聽得下去。

講故事嘛，誰不會？對着擁有整個電影王國的六先生，表情依然笑嘻嘻地，但不怒自威，大家都怕得要死，結結巴巴地講不出話來，莫說要講故事了。

有些導演口才好，一下子就得到六先生通過，像程剛，他說故事時七孔表情，講到緊張處，拍桌子當效果，或嘴哼幾句當配樂，是種天份；可惜他自己拍戲時慢吞吞，很難完成一部電影，所以作品不多。其他導演沒有這個才華，只有大宴客、送大禮、請程剛代他們去講故事。

六先生聽完如果喜歡，即刻叫人寫劇本，而寫得又快又精的當然是我的老友倪匡了，他為邵氏寫的劇本，有的拍成，有的拍不成，加起來至少有五百個之多。

更直接的，就是六先生最拿手的「借用」了。他來日本說是休假，其實是工作，要我向五大公司拿新作來看，日本公司當成他要購買去東南亞放映，也都很樂意地提供給他看，我就當翻譯，把對白一句一句講給他聽，我的日文也因看電影而進步，但遇到講日本文言文的古裝片，或完全鄉下口音的寫實片，就難免發生錯誤，反正六先生只要知道粗略的劇情，也沒一一追問，就過了關。

其中印象最深的是一部叫《呼嵐之男》（1957）。這是井上梅次在日活片廠拍得最成功的一部戲，有音樂又有打鬥，又用了紅得發紫的年輕演員石原裕次郎當主角，說一個鼓手成名了，黑幫想來控制他的故事。原唱的主題曲又賣個滿堂紅，石原成為日活公司的台柱。

六先生想翻拍此片，通過當年李翰祥的御用日籍攝影師西本正去說項，引進了井上梅次。井上原原本本地把此片翻拍過來，男主角換了台灣來的凌雲，女主角用了何莉莉，當然也賣座成功。

得到六先生許可後，井上在香港拍的片子一部接着一部，當六先生說為甚麼香港人拍歌舞片不比好萊塢好時，他說日本的也不差，但用甚麼故事呢？井上又找來很早期拍的一部叫《三姐妹》（1954）的舊作放給六先生看，比說甚麼故事更直接，六先生馬上點頭。

在香港拍的變成《香江花月夜》（1967），三姐妹分別由鄭佩佩、何莉莉和秦萍主演，男主角是陳厚。井上梅次從日本拉了大隊人馬過來，除了舞蹈指導，香港的舞蹈員配合得不足時就整班東寶或松竹的歌舞團請了過來；也非全是無名之輩，像作曲的服部良一也曾經是日本人最尊敬的作曲家，留下《蘇州夜曲》等經典。

片子又賣座了，從此只要六先生一提，井上就從他袖子中拉出一部戲來照抄，計有《諜海花》（1968）、《花月良宵》（1968）、《釣金龜》（1968）、《青春萬歲》（1969）、《遺產伍億圓》（1970）、《女子公寓》（1970）、《女校春色》（1970）、《青春戀》（1970）、《鑽石艷盜》

的晚上

niquely beautiful

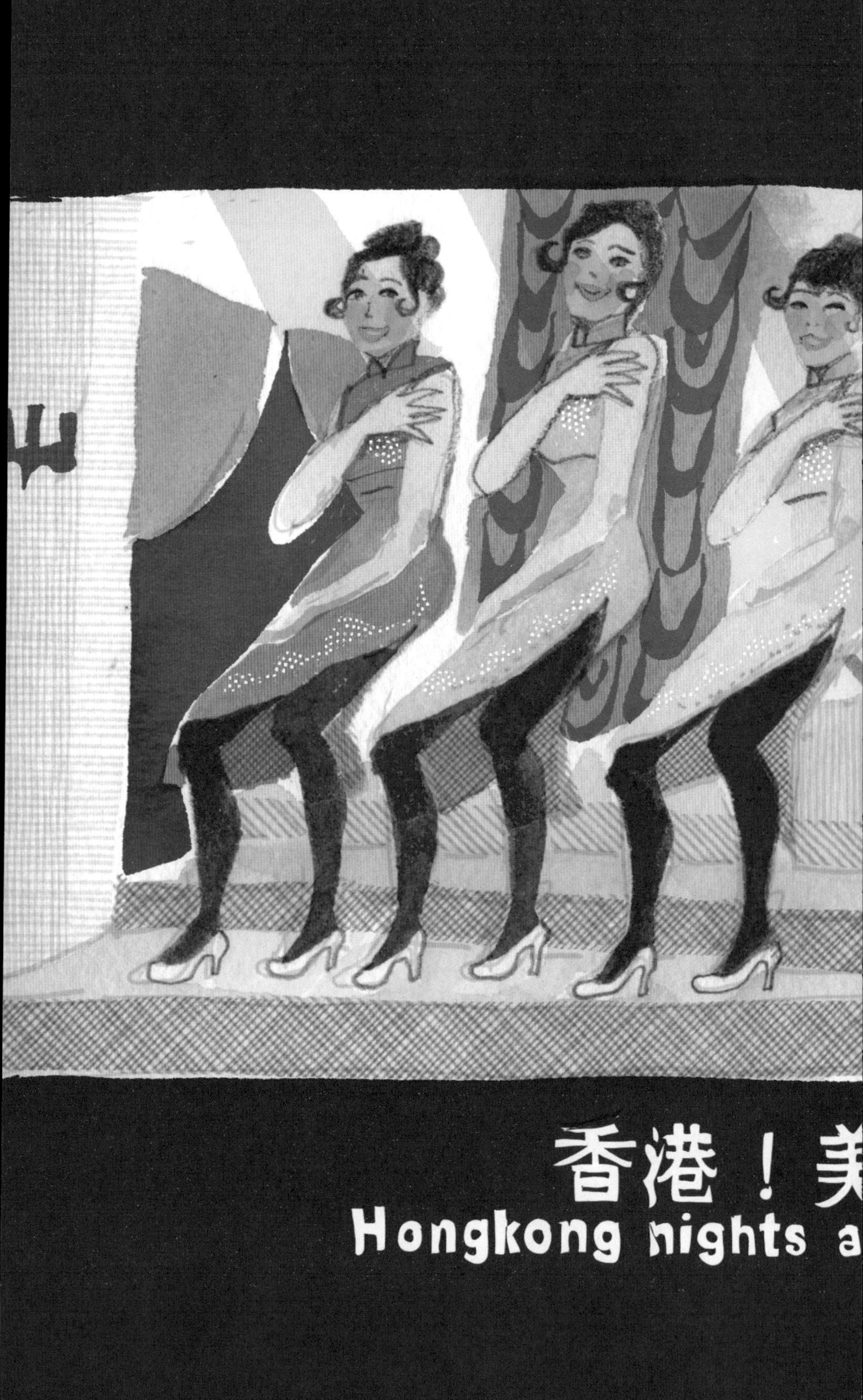
香港！美
Hongkong nights a

（1971）、《夕陽戀人》（1971）、《玉女嬉春》（1971）、《我愛金龜婿》（1971）。

也不是都在香港拍，全部在日本取景也有，由我負責製作的是《遺產伍億圓》、《女子公寓》、《女校春色》。

井上拍戲時像行軍，準時開工，準時收工，片廠中有些陋習，像導演們會在收工時拖多一拖，讓工作人員有些賺超時的工資當外快，井上絕對不肯。這也無可厚非，討厭的是井上一直以他向六先生打小報告居功，惹得員工們對他十分反感，不叫他「井上梅次」，而是「井上梅毒」。

也不是對香港人如此，對帶來的日本人也照辦，一次說大家可能辛苦了，請大家吃一頓日本餐慰勞，眾人一聽高興之極，當年在香港吃一餐日本飯可貴了。

到了餐廳，井上第一個開聲，向夥計說：「給我來一客湯豆腐就夠了，其他人他們自己叫。」

導演要了最便宜的，手下都不敢放肆，那一餐吃得大家一肚子氣，也學香港工作人員叫井上「梅毒」。

在日本拍攝時他很多方面要靠我，也破例地請我吃過一次壽司，沒那麼容易放過他，我把最貴的食材都叫齊，看到賬單時他擦擦汗，連叫厲害厲害，真會吃。

回到片廠，一個討厭他的燈光師向我說：「我們全體人員已經說好，在天橋板上丟下一塊鐵翼，打他一個頭破血流！」我聽了即刻制止，說那是傷天害理的，千萬不可，他才避過此劫。

井上沒有得到報應，但他太太，出名演員月丘夢路卻在日本遇到嚴重的車禍，整個臉傷得不成人形，但日本的醫科大學的整容技術可厲害了，用小針縫補，一共縫了幾百針，等傷好了一點疤痕也看不出，所以要整容的話千萬別去十仁醫院，到他們的醫科大學才行。

井上因腦溢血而身亡，享年八十六。

亞洲影展

六十年代，亞洲各國都有他們的電影事業。日本有五大公司：東寶、松竹、大映、東映和日活；香港以邵氏最雄厚；台灣、菲律賓、印尼、新加坡各有電影製作。另一支大勢力，是南韓申相玉的申氏公司。

幾位大老闆一齊吃飯時說，不如來一個「亞洲影展」，可以互相交流，主要還是買賣，當成一個電影市場，一拍即合。

影展從此在東南亞的各大都市舉行。日本人最為熱心，出錢出力地辦了多屆，他們的製作水準當年最高，要真正競選的話，獎狀一定全部給他們包辦，但五大公司志在賣版權，誰得獎都行。

各國派出一至二名評審員。一年，六先生忽然向我說：「新加坡的評審，今年由你擔任。」

「甚麼？我有甚麼資格？」我問。

「你在學校時寫過影評在報紙上發表，憑這一點，你就能夠。我說行，你就行。」他說。

其實，六先生要我當成一分子，主要的還有一個重大任務，那就是暗中和各國評審聯絡感情，影響他們在給分數時的決定。

「要怎麼做才好呢？」我問。
「到時鄒文懷會教你的。」他回答。
「我會替你準備些禮物。」鄒先生說。
甚麼禮物呢？就是黃金的勞力士手錶，就是香港人所謂的金勞了。當年價值不菲，每個男人都想擁有，事前鄒先生買了一批給我，我就把金勞一個個送給各國評審。
也不是每一位都貪心，有些很正直，不受引誘，金勞要送誰？那就要看人了。怎麼看？從吃自助餐時就可以觀察，吃不完也要盡量多拿的，即可收買。
另外有一套評分的計算，最高為十分，一般評審給分數，自己喜歡的電影或演員，給個七八分，不喜歡的給四五分。有一骯髒招數，就是給要得獎的對象十分，給不想讓對方得獎的零分，這麼一來，就可以一下子把分數拉高。

這一招很有用，後來我當「料理的鐵人」的評審時，電視台方面當然不想挑戰者贏，就和自己請來的評審講好，讓鐵人得獎。我為了公平，如果挑戰者的技巧突出的話，我一下子便給十分，鐵人則給零分，那麼一來就能讓挑戰者贏；不過魔高一丈，本來出三名評判的，後來增加成五名，我就變成了少數。電視台節目不過是娛樂觀眾，我也不在乎了，當成一場遊戲，亞洲影展也是如此。

當亞洲影展評審時，我還是日本大學藝術部映畫科的學生，同一間大學的教授也當了日方評審，出席大會他一直瞪着我，認不得是誰，問說甚麼地方遇見過你？我只是微笑不語。

另一位評審叫熊式一，在影藝圈頗有聲名，也曾經組織過劇團公演他編的戲劇。熊式一人長得極為矮小，喜穿一件長衫，又愛去拖女明星的手，有一年在漢城舉行，他人不見了，怎麼找也找不到，我年輕口無遮攔，叫工作人員到韓國女明星的裙子裏面去找。

同年的評審有來自香港的劉大林，他主編最有實力的《亞洲雜誌》(Asia Magazine)，我和他最談得來。我們被申相玉請去伎生派對，伎生是韓國的藝妓，不賣身的。劉大林是中國和俄國的混血兒，但一點也沒有洋人相，只是眼睛碧綠，那些伎生都紛紛被那對綠眼迷住，自動獻身，我就沒有那個福份了。

同是混血兒的有胡燕妮，她剛簽約，就被公司派來走紅地毯，她實在美艷得令人震撼，我陪她走上大會的梯階時，各國所有的女明星都停下來轉頭去看她。男人看女人理所當然，但惹得美女也看美女，是真的漂亮得厲害。

我一連當了好幾屆的評審，熟能生巧。大家爭得最厲害的是男女主角獎，當年的獎狀雖然也沒甚麼公信力，但是作為上映時的宣傳，是的確有助於票房的，各國都爭着要這些獎狀。

其實甚麼獎都是分豬肉，香港有了女主角獎，男的就要給台灣或韓國，其他就分給印尼或菲律賓。任何國家一得獎，在頒獎時樂隊都伴奏國歌，既然大家都不談政治，台灣以《梅花》來代替，香港也難搞，還沒歸還之前難道要奏《天佑女皇》？樂隊很聰明地奏了《愛情至上》（Love Is a Many Splendored Thing）（1955）。

在武俠和功夫片尚未當道的年代，所有國家拍的多數是哭哭啼啼的文

OF MOTION PICTURE

藝片，不是男主角患癌就是女主角肺癆，各種死法，無奇不有，我在背後說壞話：那不是亞洲影展，是亞洲醫院展。

一年，我佈局好了，台灣評審也收了禮物，結果這兩個陰陰濕濕的影評人出賣了我，把獎狀分給了自己地方的電影，我人生第一次遭受背叛，才知人心險惡，沒有把任務完成，沮喪得很。

六先生拍拍我的肩膀，安慰我道：「不必太過介意，明年記得除了金勞之外，準備多幾個愛馬士皮包。」

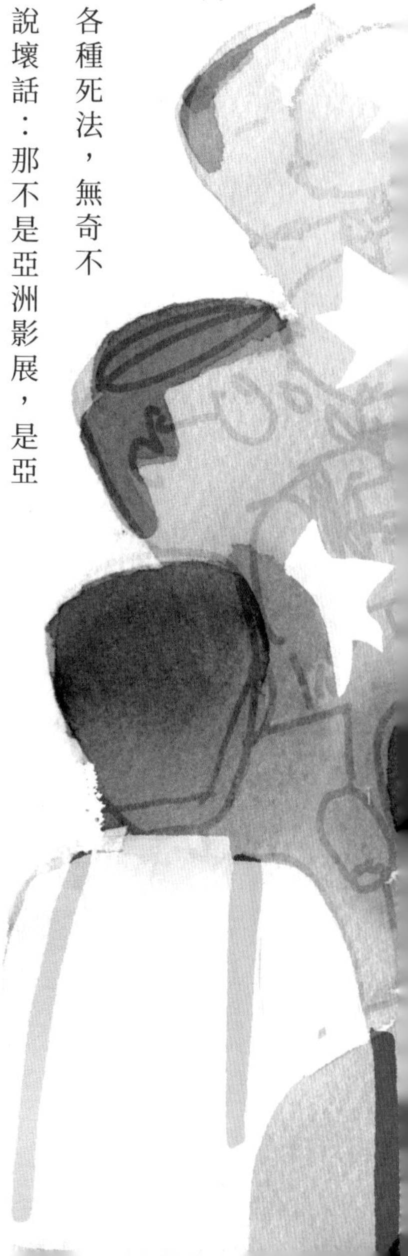

龍虎鬥

有一天，王羽忽然向鄒文懷提出：「我要做導演！」

當年，當導演並非一件易事，需要由場記、副導演一一勝任了才有機會，全是學徒制，不像功夫片崛起後武師也可以當導演。明星當導演也行，但得有無數的經歷，王羽還很年輕，他一九四三年出生，提出要拍《龍虎鬥》

時才不過二十五歲，那麼一個年輕小子，怎麼信得過？片廠中的老一輩個個議論紛紛，要看着他當笑話，但大家也知道他的個性剛烈，如果說不成一定會罷拍。

聽到這消息時六先生剛好在韓國，他到那裏放幾天假，吃吃東西，也停下來看很多韓國電影，看看有甚麼可以借用。我雖然也作陪，但韓語我聽不懂，翻譯的工作就由一位中國籍、在漢城開餐廳的金太太負責，金太太風韻猶存，她每天燉人參服侍六先生服服帖帖，我就輕鬆地跟着吃吃喝喝罷了。

六先生返港後處理王羽事件，平衡了利害關係後，他決定如果王羽要拍就讓他拍，反正拍得不好可以由其他人來補戲。

電影拍得很順利，王羽很有把握地把戲一場場完成，最後與羅烈生死鬥那場戲是在雪景中進行，因為王羽是新導演，節省製作費，把戲從日本搬到韓國去拍，處理外景事金太太就自動請纓，她說雖無製作經驗，但是人力物力雄厚，有甚麼事辦不了呢？

王羽到了韓國，說要高台取景，金太太即刻叫人用巨木頭搭了一個又高又大的，重得要死，幾個人搬不動。韓戰打完後山都被轟炸得光禿禿，木頭緊張，有哪家中國餐廳用即用即棄的木筷子，被政府發現了每一根就要被罰停業一天，一堆木筷子，不知要停多久，搭那麼一個高架，當然要花不少錢。

王羽的其他要求也沒辦好，大發脾氣，要鄒文懷把在日本的小蔡派來代替金太太。

Telex 傳到東京，要我即刻動身，到機場去買票，其他一切都不必管了，我從辦公室衝到羽田搭飛機，連家裏養的一籠小鳥也無法照顧地飛到漢城。

高台嘛，還不容易解決？向申相玉借好了，他有一個龐大的製作公司，甚麼都有。因為他也在日本唸過書，我們可以用日語交流，在亞洲影展時我們兩人最談得來，當我是他的好友，全力資助，把他最好的製作班底借了給我用，拍攝工作即刻順利進行。

因為農曆新年已靠近，香港的工作人員都盼望着回去過年，外景隊也不去雪嶽山了，搬在市中心附近的公園拍攝，漢城近北韓，到處有雪，不必老遠地去找。

我們每天趕工，看到王羽又導又演地，還甚有把握。精力十足的他，早上拍戲，晚上還要喝酒；到了午飯時間，他還要人陪他玩。

那是一場你推我、我推你，鬥推的遊戲，誰被推倒在地上，誰就輸了。我體力有限，當然不肯和他玩，他就找到了副導演吳思遠來作陪，當吳思遠被他推倒時，一不小心地眼鏡弄爛掉，那個塑膠框很尖銳，將他的眼角割下一塊皮肉，流下血來，我們都衝前替他包紮傷口，他老兄第一個反應是：「破了相了，怎麼泡妞？」我們聽了都哈哈大笑起來，現在想起，真是沒有良心。

《龍虎鬥》一片，除了王羽，羅烈演反派，另有陳星及王鍾演他的手下。當年韓國電影還沒有起飛，最初是文藝片當道，進口了很多台灣片子，後來就是邵氏的武俠片霸了天下了；王羽主演的《獨臂刀》幾乎人人看過，當我們拍戲時也有很多韓國影迷來包圍，一看到王羽，都舉起一隻手大叫Unpari，韓語獨臂的意思。

當年全韓國最好的酒店是「半島」，韓語Bando，記得第一次當學生時去旅遊，這家旅館前面有幾百個夜女郎集中在前面爭生意，蔚為奇觀。拍《獨臂刀》時經濟已轉好，全部消失了。我們全體工作人員住在裏面，有一晚三更半夜鈴聲大作，原來起火了，大家都逃到屋外去，有消防來救火時，天氣太冷，已經把水喉凍成冰，流不出水來，結果整家酒店燒毀。

我們搬到另一間去住，但大家擔心的反而是戲拍不拍得完，來不來得及回香港過個好年？

忽然，天雖冷，但雪已不下，再過幾天，大地回春，雪開始融，我們眼光光地看着拍戲場地的雪一點點化掉，想搬回雪嶽山去拍，那邊還有雪，但是背景已連接不了，我們的龍虎鬥，是天氣和人類的鬥爭。

這怎麼辦？怎麼辦？我突發奇想，叫當地工作人員四處買麵粉去，韓

國人喜吃中國的炸醬麵，要用麵粉來拉，當然有啦，大隊工作人員拼了老命，全國去收集。

收回來的麵粉往地下鋪，一車鋪完又一車，場地的前後都要鋪滿，拍攝才能進行，好了，到最後一天，拍完最後一個鏡，鬆了一口氣。

眾人歡天喜地回香港去，我拖着疲倦的身體到了東京，公寓中養的小鳥已經餓死，罪過罪過，從此知道照顧不到時，就別養了。

裸屍痕

在日本那些年，香港來的外景隊漸多，像井上梅次的電影也全部於東京拍攝，和日本電影工作人員熟了，組織成一隊很強的班底。

六先生再次來日本時，我問他說：「通常一部戲在香港要拍多少個工作天？」

「六十個。」他回答：「有時還不止。」

「那平均要多少錢拍一部戲呢？」

六先生回答不出。當年，製作費由會計部主管，花多少提多少錢來，總之，都有錢賺，也不去算那麼多了，那是美好的電影黃金年代。

「我們需要的，是更多的量。」六先生說：「一年生產四十部電影是目標。」

我心算一下，大膽地向六先生提出：「要是我們在日本拍，香港只要派幾個主角過來，全部工作人員，包括導演、攝影師、燈光師等等，一部戲只要拍二十個工作天，可不可行呢？」

「那得看全部製作費要多少？」他問。

「二十萬港幣。」我回答。

六十年代，一個秘書的人工是月薪四百元，依當年的幣值，二十萬港幣等於是當今的兩百多萬，比香港一般低成本戲還要便宜得多。

「你想拍些甚麼故事？」

「最好是些原創的劇本。」

「還是借用的好。」六先生說。

那年六先生剛好在東京，看了很多日本片，其中有一部他喜歡的，是一個年輕人為了名利出賣他原來女友，結交富家小姐的故事，六先生很喜歡，向我說：「就借用這一部吧。」

《裸屍痕》（1969）是由《郎心如鐵》（A Place In The Sun）（1951）改編的，加入恐怖片元素，女主角被男主角殺死後化成厲鬼來討命，拍得非常好，導演是島耕二，曾經紅極一時，導過《金色夜叉》

（1954）、《相逢有樂町》（1958）和《細雪》（1959）等經典名作，人長得高大，又有英國紳士作風，找到他時他已有六十八歲，處於半退休狀態。

至於男主角我建議用在《女校春色》（1969）合作過的陳厚，他給影迷們的印象是個花花公子，舞又跳得很好，在個性和年齡上都適合演這個角色。

女主角用了丁紅，個性豪爽，是位好演員。

至於配角演富家小姐的是丁珮，她來自台灣，是位新人；男配角是王俠；還有歐陽莎菲。從香港來的只有這麼幾個人，加上副導演桂治洪。

我在東京用了所有朋友的人情和日籍工作人員的關係，盡量壓低成本來完成這部電影。

女主角的公寓就借了我當年的好友劉幼林住的地方，在亞洲影展時結識了他哥哥劉大林，他吩咐我照顧他弟弟。劉幼林當了美聯社（Associated Press）的駐遠東經理，住的地方是表參道，是外國人集居之地，也是高級時裝店區，扮起香港來很像。

其他外景地採用富士山周圍的山區和湖泊，別人來東京取鏡，巴不得把富士山也拍了進去，我們反而是在鏡頭中拍到富士山，就要把山腰斬了不見頂。

為了節省成本，也免費請了很多在日本大學的同學和叫了劉幼林當了婦科醫生，檢查了女主角後宣佈她懷了孕。劉幼林年輕英俊，很像在《The IPcress File》（1965）中的米高堅，當年還怕他的外型不夠老，叫化妝師把他雙鬢染白，好久都洗不掉。

桂治洪是位很努力及專心工作的年輕人，他所有鏡頭及對白都詳細地記錄，片子拍完拿回去，因要省錢，全憑他一個和剪接師姜興隆完成後期工作。

演員們住東京「第一酒店」，當年是又便宜又住得過的旅館，房間很小，但大牌如陳厚和丁紅都沒有投訴，其他演員就沒出聲了。

我們不休不睡，說甚麼也要二十天內趕完此片，答應過六先生的事才能算數，其實當年要是拍多一兩個工作天六先生也能理解，但承諾歸承諾，限時內完成。

片子在香港和東南亞放映了，票房平平，但這種戲不可能爆冷，只是為邵氏增加了一部戲上映而已。

島耕二在這段期間內教導了我很多關於電影的知識，因為到底拍過幾十部電影，遇到任何難題他都有辦法解決，沒在製作方向增加我的麻煩。

在聊劇本時，我都去他家裏，他是位烹調高手，又煮飯又拿出我們喝不起的Suntory黑瓶請客，當年我們喝的只是雙瓶裝的Suntory Red，要是有四方瓶的俗名

「角瓶」的已是上上品。

酒喝完一瓶又一瓶，島耕二和我的感情逐漸增強，接着再請他到新加坡拍了《椰林春戀》和《海外情歌》兩部片子，大家成為好友。我發現拍商業電影非我所好，倒是很享受製作時期交的朋友和所去的外景地。

史馬山

《裸屍痕》算是成功了，我接着向六先生提出，再請島耕二連拍兩部戲，《椰林春戀》和《海外情歌》，同樣在一九六九上映。

前者用了當年在香港歌壇紅遍半天的台灣歌手林沖，女主角也是最受歡迎的何莉莉，又由香港派來李麗麗和林嘉當配角，加上副導演桂治洪，另有一批日本的燈光師和攝影師，飛到檳城取景。

住的是一間四層樓改建成旅館的公寓，全體工作人員浩浩蕩蕩搬了進去。當年邵氏電影在星馬大受歡迎，也從來沒有那麼多明星飛到那小島去，到達時已受影迷重重包圍，要當地的警察維持秩序，看他們揮動警棍，打開通道，我們才走得進旅館。

借了一間富豪的住宅當主要的場景，我們在那裏日以繼夜的拍攝。為了節省成本，我身兼多職，做翻譯、場務和會計等工作，在外面風吹日曬，皮膚曬脫了一層皮，長了新的，再曬再脫；香港來的矮小精悍配角李麗麗最調皮搗蛋，她不拍戲時也跟着在現場，最喜歡剝我的皮。

工作人員中有一位老先生，是導演徐增宏的父親，他主要的工作是「放聲帶」。當年的歌舞片要「對嘴」，那是由一部像放映機那樣的工具，有

兩個輪，裝上已經沖印成透明畫面的菲林，留下一條聲帶，經過這個機器放出來的歌，演員聽了張口閉口對着嘴，才能準確，這是普通錄音機做不到的。

拍攝唱歌時也要用一部老式的「米歐爾」機器才能對嘴，非常笨重又很大，和我們當年用的小型「亞厘」機相差甚遠，由於我沒有經驗，在器材方面忽略了這一項，用到時才知道出毛病，這個禍可闖得大了，急得團團亂轉。

問題怎麼解決？再從香港寄來的話需時，哪來得及？三更半夜時剛好家父來電話，向他提及此事，他回答說新加坡拍馬來戲的錄影廠也拍歌舞片，還剩下多部「米歐爾」，馬上由新加坡調來，才解決了問題。

《椰林春戀》從檳城一路拍下去，經馬六甲，到了新加坡完成，一路上種種難題，都靠經驗老到的島耕二一一解決，我們白天工作，晚上喝酒，結下深厚的友情。當年日本導演來港拍戲，除了井上梅次之外，都取了一個中國名字，島這個姓，日文唸成Shima，我們都Shima-San前，Shima-San後地稱呼他，San的日文是先生，結果中國名字為他改成史馬山。

片子拍完，六先生覺得很滿意，賣座也成功，就叫我繼續用他導演了下部戲《海外情歌》。

片子由陳厚主演，當年他才三十九歲，角色是一個父親帶着女兒們搭郵輪到海外旅行，我拿了劇本，問他拍不拍呢？陳厚為人豁達，說無所謂，演員嘛，有戲就接囉。

是不是安慰自己，我不知道。

打聽之下，知道有一艘半貨船半郵輪的英國船要修理，從香港航到新加坡，五天時間，可以廉價包下來，當我們電影的背景。

一上了船，就不分晝夜地趕工，想在這幾天內把需要的戲拍完，但這艘是英國船，一切按照英國方式去管理，我們每一分鐘都需要趕工，豈知船長說不許，我大發脾氣，詢問原因。

原來這是英國傳統，在下午四點鐘一定要喝下午茶。我說你們喝你們的，我們照樣開工，船長說傳統不能打破，一定要停下一切喝下午茶。

氣得我快爆炸，那有甚麼破英國傳統，但最後還是拗不過整艘船的工作人員，也只好停下來喝一杯。

工作順利，也終於在限定的時間內把應該拍完的戲趕完，鬆了一口氣。哪知道到了新加坡也不准下船，海關人員要上來登記入境手續，慢吞吞地一個個人把手續辦完才能登陸到新加坡，又浪費了一天。

這些日子一閒下來就和大家聊天，導演島耕二已是老朋友了，陳厚也拍過我監製的《女校春色》和《裸屍痕》，都很談得來。

新朋友是年輕的楊帆，他從台灣來，拍了《狂戀詩》後大紅大紫，最受年輕觀眾歡迎。來自台灣的他，高大得很，人又長得非常英俊，迷死不少人，包括他自己。楊帆一走過鏡子必停下來欣賞自己的樣子，越來越自戀，到了後期竟然發起神經病來，回到台灣後沒事做，逐漸淪落，最後只能在片場中當臨時演員，拍古裝片時導演一叫，他即刻把假髮戴上，但戴反也不管，笑嘻嘻地上鏡，弄到最後也把工丟了，不知下落，我聽到這消息後非常替他惋惜。

另外演大女兒的是虞慧，就是當年派來日本的「精工小姐」，二女是李麗麗，三女沈月明，小女妞妞，是我痛愛的童星。

片子完成後六先生一看，認為不夠熱鬧，下令補戲，但陳厚當時已因病去世，換了金峯代替他的角色；導演也換人，由桂治洪頂上，這是他第一部當正導演的片子。補拍事，對我來說是人生中一個很大的打擊，但後來想起來，也不過是人生過程之一。

陳厚

同在一九六九年，拍《女校春色》、《裸屍痕》和《海外情歌》時，和陳厚做了好朋友，混熟了之後，忍不住問他：「很多影迷都說樂蒂的自殺，是你害的，因為你是一個花花公子，這個結也一直打在我心上，你可不可以為我解開？」

陳厚嘆了一口氣：「我從來沒有向人提起過，樂蒂的個性像林黛玉，總是怨別人對她不好。我當然也不好，但不會做出傷害她的事。」

細節我也沒有追問了，也不需要追問，都是成年的男女，之間有他們的私隱，外人不明白，也不會明白，說來幹甚麼呢？

當一個演員，陳厚是無懈可擊的，他總會演繹出導演們的要求，加上自己想表達的方式，與導演商討之後把角色演得完美。

但對井上梅次，島耕二等日本人，話又不通，如何表達？陳厚會把一場戲用三至四種不同的表演做出來給導演看，讓他們選了一種，再加以發揮，島耕二曾經對我說過：「這麼靈活又優秀的演員，在日本也找不到第二個。」

在拍《海外情歌》之時，陳厚已得到癌症，但很痛楚也不告訴我，在船上一直和我談笑風生，有時又扮起馬克·安東尼，背誦他的演講。他說得一口好牛津英語，看的英國文學眾多，對莎翁的對白，更是熟練，畢業於上海聖芳濟的他，是位知識份子，平時最愛旅行和讀書。

我問他為甚麼要那麼表演給導演看，他回答：「我不知道導演心裏想些甚麼，所以只有用幾種不同的方式來試探，也許他們想把整部戲弄得瘋狂誇張，也許他們要的是壓抑住的幽默，並不是每一個導演看完劇本就知道他們心目中要的是甚麼。」

在沒有他戲份時，陳厚也是西裝筆挺地坐在旁邊看別人怎麼演。他當年也紅極一時，但永遠不擺一副明星相。我們的船開到了新加坡，但因為要等第二天海關人員上班時才會上船檢查護照。新加坡的影迷非常瘋狂，聽到消息後租了幾十艘小艇，坐滿了人向我們的船衝來。

陳厚聽到消息後回艙房換了另一套藍色的航海雙排紐扣西裝，白色褲子，悠閒地走出來，雙手搭着欄杆，一隻腳蹺在另一隻腳上，做好架勢等待影迷來到。

豈知影迷們在遠處以為是另一個人，大喊：「楊帆！楊帆！」

當年楊帆的《狂戀詩》剛好上映完了，身旁男女都為他歡呼，陳厚聽到了把他那盤着的腳收起，從容地整理了被風吹得凌亂的頭髮，向他們深深地一鞠躬，退回房間。

這都是我的親身經歷，也在這些前輩身上看到了悲慘的一幕，不管你有多成功多紅，始終都有謝幕的一天，時間來到時，都應該向陳厚學習那份優雅。

我跟着把手頭的工作做完趕回香港，因為我聽到這位老友已進了醫院。

坐了的士趕到半山上的明德醫院，一急了事前也沒有問清楚是幾號房間，我在櫃台問那些值班的修女：「請問陳厚先生現在在哪裏？」

「哪一位陳厚先生？」修女反問。

「大明星陳厚先生呀！你們也應該知道他是誰！」我急得團團亂轉。

「沒有聽過就沒有聽過！」領班的那個修女板着面孔，一本正經地說。

「我是剛從新加坡趕來的，他是我最好的朋友，聽說病得很嚴重了，你們就讓我看一看他吧，就算看一眼也行，我今天非看他不可。」我哀求：「我明天就要趕回日本的呀！」

修女還是搖頭。

「聖經上沒有說過不可以撒謊的嗎！他明明在這裏，為甚麼你們騙我說不知道！」我已覺得沒有希望見到這位老友。

低着頭走到門口時，有個最年輕的修女偷偷地塞了一張紙頭給我，寫着門號。

我衝了進去，那些老修女看到了要阻止，但我已推開了門，看到陳厚，他向老修女說讓我進來。

人本來瘦的，當時看起來體重更是減輕了一大半，陳厚怕我擔心，盡量說些輕鬆的話題，並向我說沒事的、沒事的，但他知道我是不相信的。轉個話題，他說：「你沒有見到我的新女朋友吧？她是個英國人，長得不算漂亮，但是肯聽我的話，我叫她做甚麼她就做甚麼，我起不了身，想要時，只好叫她用口了，哈哈哈哈。」

病得那麼厲害，還講這些事。最後他說：「當演員時，還可以卸妝，但真人卸不了妝，我這麼病，會弄得我越來越難看，怎麼對得了觀眾？我還是離開香港好。我在紐約有些親戚，過幾天等人好一點就會飛去，那裏沒有人認識我，可以安詳地走完這程路。」

我握着他的手，向他告別，走出病房時，看到那個說謊的老護士在外面偷聽，也哭了。

陳厚走時，只有三十九歲。

台北的那兩年

回到日本後繼續買日本片到東南亞放映，日活公司的外國部為了業務成績，把版權以五百美金一部的賤價出售，其他公司也跟着照此價賣，我選了不少賣座的片子，包括盲俠、眠狂四郎等等賣座的片子。

六先生來東京的次數也漸多，一天，他忽然向我說：「你去台灣吧，我在那個市場賺的錢，也應該拍些片子花掉。」

結果拍了《蕭十一郎》（1971）。導演是徐增宏，說起來是張徹的啟蒙老師，雖然張徹大他約十歲。

劇本由古龍寫，第一次見面時他還是小伙子一個，印象中是他的頭特別大，喜歡喝酒。導演也好此道，常在一起泡酒家，所謂酒家，是有酒女陪伴的歡樂場所，常去的一家就是在我們下榻南京東路的「第一飯店」。台灣人叫旅館為飯店，但不賣飯；叫為酒家的，主要是賣女人。我雖年輕，但認為這些以陪喝酒為職業的女子，應該像日本的藝妓或韓國的伎生，有點技藝才行，不是說完「先生貴姓」就坐下來乾喝那麼簡單，故興趣不大。

當年的台北相當灰暗，街燈也不大放光明，最好的是買書了，甚麼都有，甚麼都翻版，紙張很薄，但我都不在乎。在東京Jena洋書店買不起的台北都有翻版，價錢是原版百分之一那麼便宜。記得在中山東路有好幾家書店，經常流連忘返，一買就是幾大袋，我在台北一住就住了兩年，到了後期，小房間放不下了，還得租另一間來放，反正房租也便宜。

在這段時期結交了專搭佈景的陳孝貴，他年輕時與人打架，打掉了一隻眼睛。陳孝貴有一架電單車，我坐在他的後面四處看景，在台路上飛奔，幾經驚險，但人年輕，甚麼也不怕。

怕的倒是謠言，邵氏台北辦公室的職員都看不慣我這個香港派來的小子，一直向六先生打小報告，說我在台灣不停地搞男女關係，弄到有一次亞洲影展在台北舉行時，六先生在他的客房中指責我這件事。

其實，現在想起來也沒甚麼大不了，年輕嘛，女朋友多又怎麼了？人又還沒結婚，搞的又不是公司裏的明星，有甚麼好說的？事實上，我很遵守家父教導我的，別在工作地方談戀愛。在邵氏那麼多年，不能說沒得到女演員們的青睞，但我都沒有與她們發生過甚麼緋聞，一直持續，我常用英語「don't shit where you eat」（不在吃飯的地方拉屎）來勉勵自己。

被六先生說了，我也沒反駁，反正自己清白就是。

《蕭十一郎》用了當年邵氏的玉女邢慧當女主角，男主角是台語片的小生吳東如，後來也來港當小生，改了「韋弘」一名，認為「會紅」。後來也一直黏在當權的方逸華身旁，但始終沒有紅起來。

拍完了《蕭十一郎》之後，另一部和台灣公司合作的《梅山收七怪》（1973）也開鏡，是部特技片，請了日本導演山內鐵也過來，由井莉、陳鴻烈和金霏主演。

這些電影的故事都不是我喜歡的，反正當年公司叫說拍甚麼就甚麼，

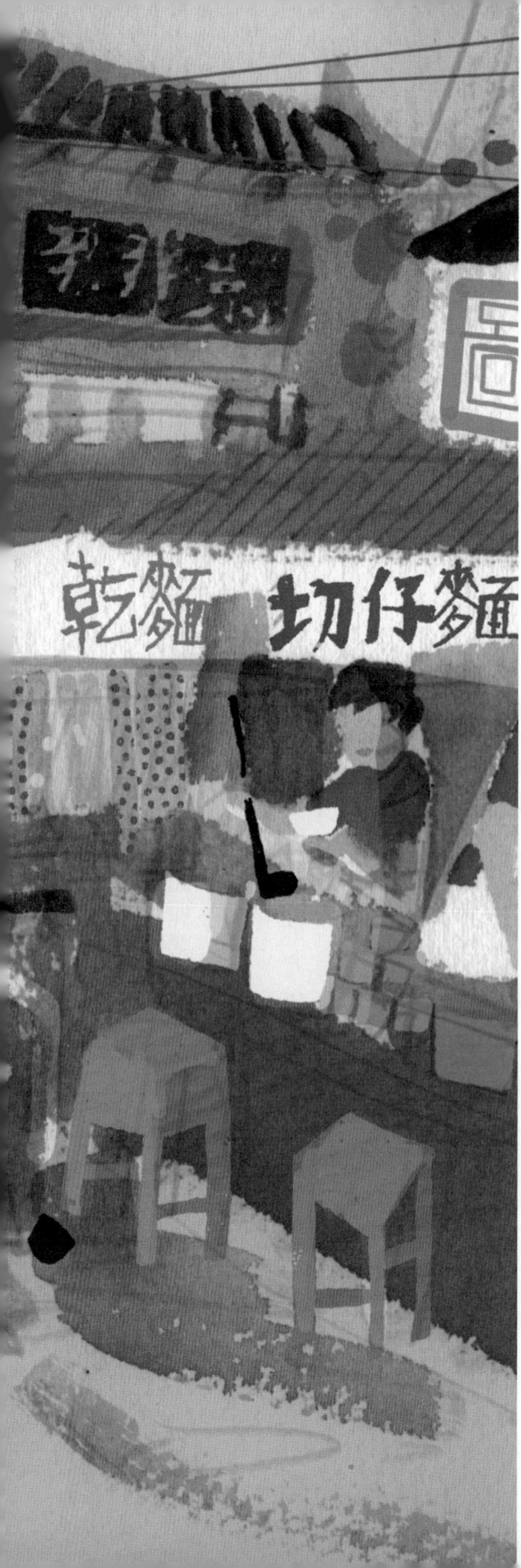

當成工作，盡量把它們完成。

為了找適當的外景，搭佈景的陳孝貴帶着我，租了一輛破舊的計程車，記得車胎已經磨平了也照駕，穿山過水，跑遍台灣。幾次差點因路滑而翻倒山谷中，年輕嘛，不怕，不怕。

頂頂呱

在台灣的鄉下，嘗盡當地的美食，又適逢他們的廟會，每家每戶都做出大魚大肉來宴客，甚麼人經過就拉甚麼人來吃，請不到客人沒有面子。

老一輩的台灣人都會說日本話，究竟被日本統治了近六十年，我用日語與他們交談，感到親切，當年的台灣，是樸實的，是充滿人情味的。

娛樂事業特別繁榮，流行的笑話是香港男人見了她們幾次，翌年就抱一個小孩來機場迎接，男人為她們買了奶粉嬰兒衣服。

最紅的夜總會叫「新加坡」，有時候遇到些女子，問她們是哪裏來的？回答說新加坡，我以為遇到老鄉，還天真地問說是住在哪一區，是加東？或芽籠？

台北市區的管理還相當落後，一場大雨，造成洪水氾濫，淹沒了整個台北，連我住的第一飯店的大堂都浸滿了水，電梯也停了。走樓梯下來，見工作人員被水淹到腰部，一切都停止了。

吃飯怎麼辦？本來我不會在旅館叫東西吃，常到對面的大排檔炒個麵回來充飢，當然那大排檔也被水沖走了，房間送餐服務也停止。正在肚子餓，從房間窗口望出，見到陳孝貴和幾個老友划了一艘小艇送食物來到，更感台灣人的人情味。

後來，當我離開電影界，組織了高級旅行團，和團友們到世界各國去吃最好東西時，還會想念台北的福建炒麵，以及街邊檔口切仔麵，又組團去了無數次。

鄒文懷

在台灣期間，傳來一個重要的消息，那是邵氏公司發生了大地震，製片經理鄒文懷離開了公司。

鄒先生留給我的印象是笑瞇瞇的，永遠沒有看過他發怒。人很年輕時頭髮已禿，留有小撮髮在頭頂，像日本牛奶糖公司廣告的那個嬰兒；戴着很厚的近視眼鏡，本身眼睛已小，更是幾乎看不到瞳孔。

第一次經過香港時，鄒先生還親自駕着車，帶我到太平山頂去看夜景，對着萬家燈火，他說：「可惜再過二十多年就要歸還給大陸，到時的燈光有沒有那麼亮，就不知道了。」

後來在影展時遇到了台灣導演白景瑞，剛從意大利留學回來，拍了《今天不回家》（1969）一片，非常賣座，鎖定了在台灣影壇的地位。

白景瑞一看到鄒文懷，即刻跑過來與他熱情地握手，「鄒先生，真的是謝謝你了，你人前人後都讚揚我，令我受寵若驚。」

等他走開後，我問鄒文懷：「他真的那麼厲害嗎？」鄒文懷笑着說：「我們身在電影圈，大家的道路不知甚麼時候會碰在一齊，說人家好話不要錢的，有一天要用到他們，總是一個好的開始。」

鄒先生就是那麼一個人，永遠深藏不露，也從來沒有敵人。

影展的派對中，一大堆女明星一齊吃飯，鄒先生很會說笑話：「我有一個朋友很喜歡開人家的玩笑，一天，他扮成鬼嚇一個膽小的人，果然把那人嚇得全身發抖，差點口吐白沫，看到那人樣子不對，就除下面具，向那膽小的人說不必怕了，鬼是他扮的。豈知那個人繼續發抖，口顫顫地說：『我……我……我不是怕你。我……我是怕站在你身後那個鬼！』這次倒把那個喜歡開玩笑的人嚇得差點昏過去。」

說完把所有的女明星都笑壞了。

鄒先生的酒量很好，又對紅酒的研究很深，他叫朋友買的年份後來都漲了很多倍。八二年的佳釀出現時，他向人說一定會起價，值得收藏；自己買了好多，家中珍藏香港人最愛喝的Pichon Lalande八二年怎麼喝也喝不完，也曾送過我一大箱。

原名鄒定鑫的他，祖籍廣東潮州大埔，畢業於上海聖約翰大學，當年的傳說是上海人做生意最精明，在上海生活的潮州人更是厲害，鄒先生就是屬於這種人。

定居於香港之後，因為聖約翰畢業的人英文都十分了得，鄒先生就去《英文虎報》任職體育記者，後來又在美國新聞處主持「美國之音」的廣播。

六先生剛從新加坡來香港，還要到處找一個經理，經好友的推薦，請了鄒先生，在一九五七年加入邵氏集團擔任宣傳部主任，一九六〇年中期晉升為製片主任，到了七〇年再升為行政總裁。

從大一輩電影人的口中得知，鄒先生對英國人的生活方式以及修養認識甚深，六先生很多這方面的知識都是由他傳授的，在生活的一切點滴都要和鄒先生商量。

鄒先生有生活情趣是真的，他的橋牌打得很好，已是世界比賽的級數；後來也愛上打高爾夫球，在球場上結識不少鉅富和政要，包括李嘉誠。

當製片經理那段期間，一切大小改革都由他處理和決定，記得他的辦公室就在六先生旁邊，門口總是坐滿了要來開戲的導演和其他重要的工作人員。間中來找他找得最頻密的是何莉莉的媽媽，她最愛找鄒先生為莉莉加薪，而鄒先生對我說過：「公司的決策容易解決，最難應付的倒是何媽媽。」

一個職位做久了，總有一些弊病，鄒先生當年有權簽支票給那麼多員工，不必經過六先生同意。

這時候方逸華開始進入邵氏，抓出很多小毛病來，在機構中成立的「採購組」，公司的一切花費，經過她調查和比較下的價格，可以便宜出許多來。

六先生當然也不會反對這種做法，上海人做生意，能省則省，方小姐的權力也一日一日地壯大，但是拍電影，時間最重要，有時因為一點小錢而延遲或耽誤的結果，反而損失更大。

這時鄒先生感到處處遭受到限制，工作上越來越不順利。電影是一門燒銀紙才能滿足觀眾的行業，不是因為省錢才能做得好的。

在維基百科中也有這種記錄：「在一九七〇年由於邵氏公司吝嗇的薪金制度，不滿而離職出走的人漸多。」

鄒先生在暗中起義，本來和張徹談好一齊到外邊闖一闖的，張徹心機甚密，在最後一刻還向金庸先生和倪匡扮成到底要不要離開邵氏而決定不了，其實他心中已有答案要留在邵氏的。張徹背叛了鄒文懷，鄒文懷第一次做老闆已經要遭受這重大的打擊，但始終已走了這一步，不能退縮，他所創的新天地後來也幾經風波，最後成功，這已是後話了。

影城宿舍

一九七〇年鄒文懷先生離開邵氏自立門戶，創立嘉禾電影，我就被六先生從日本調到香港，接任了他的製片經理一職。

自認甚麼都不懂，也沒有鄒先生的才華，從何做起？家父從新加坡來信：「既來之，則安之。」

雖然初到影城，一切好像已經注定，好像已經很熟悉，第一件事，被安排入住宿舍。

影城中一共有四座宿舍，第一宿舍是對着籃球場的三層樓建築，第二宿舍是八層樓、有電梯的公寓式房子。第三和第四最新，建在影城旁邊的一塊空地上，前者房間最大，適合大明星大導演居住，後者則是一座八層樓的小公寓式的大廈，入住單身漢職員。

我被派在第三宿舍，岳華說：「好彩。」

「為甚麼？」我問。「如果是第一宿舍的話有鬼。導演秦劍在裏面自殺，演員李婷在裏面吊頸，鄰居們都說到了晚上有哭泣的聲音。」他說。

後來認識了來自台灣，當胡金銓副導演的丁善璽，他愛看書，和我談得來，變為好友，也住在第一宿舍裏面。

「是不是真的有鬼？」我說。

「鬼是沒看過，但是李婷是我親自把她從樑上抱下來的。」他回憶。

「聽說吊死鬼是伸長舌頭的，電影裏面也是這種表現，是不是真的？」

「真的。」他說：「我抱她下來時顯然斷了氣，但身體還有餘溫，我看她樣子恐怖，大着膽把她的舌頭給塞了進去。」

「有沒有遺書？」

「有，我看過，還記得清清楚楚，寫着說：『我也知道，如果像有些人那樣的出外交際，經濟情形可以改善過來，可是，我畢竟還是讀過幾年書，沒辦法過得了自己那一關，不可能同流合污……』。」

說到這裏，丁善璽泣不成聲。聽別人說，當年他也喜歡過李婷的。

丁善璽後來回到台灣也當了大導演，拍過很多部戲，我最欣賞的是《陰陽界》（1974），雖是鬼片，但有些舊小說和國畫的境界，胡金銓收了他這位學生，沒有白教。丁善璽也寫過很多劇本，其中有一部最後也沒人拍的，把八仙描寫成八鬼，是我看過最好的劇本之一，至今還念念不忘。

第二宿舍住滿了台灣來的小演員。當年邵氏為培養新人，以月薪四百港幣，八年合同簽了一大批，現在聽起來有點像奴隸制度，但當時大家都心甘情願的，也難批評誰是誰非。

說壞話的人把第二宿舍叫成農場，外面停滿前來追求公子哥兒的汽車，等着小明星放工出外遊玩，但是可以說的是像李婷那樣有志氣的還是居多的，一部份貪慕虛榮的也難免。

因為我在台灣住過兩年，本身又會說標準的「台語」，那是我從小就會的閩南話，她們都愛和我談天，又知道男女關係我絕對是不碰的，那麼

多年來從來沒有鬧過緋聞，最多是和她們打些遊花園的小麻將。所謂遊花園，那是賭注小得不能再小，輸完不必付錢，照打，看看可不可以翻本。

我的十六張台灣牌就是那時候收工後學的，小明星們愛開玩笑地說「三娘教子」，我反說這不叫三娘教子，這叫一箭三鵰。

第二宿舍也住了一位舍監叫王清，年紀輕輕，帶了二個小兒子來替邵氏打工，為人正直，把那群女孩子管束得很聽話。她也愛打台灣牌，經常贏了錢也不收，我也一樣，所以和王清也談得來。

麻將腳中有一位肉彈，走起路來背彎彎地，因為負荷太重，坐下來時，把雙胸波的一聲擺在麻將桌邊緣，說這才叫輕鬆。

第四宿舍住的多是各部門的職工和單身漢。

第三宿舍就有導演像張徹等大牌入住，也有高級職員，像主編《南國電影》和《香港影畫》的朱旭華先生，他最喜歡我，因為我和他可以談電影歷史和文學繪畫等話題。朱先生是位知識份子，也曾經做過電影公司的老闆，拍過《苦兒流浪記》（1960）等經典。

早期抗戰，朱先生改了一個愛國的藝名，叫朱血花，用上海話唸起來和原名同音。朱先生有兩位公子，大的叫朱家欣，是留學意大利的攝影師，後來自創特技公司，名噪一時，娶了影星陳依齡。小的叫朱家鼎，為廣告人，後來迎娶了鍾楚紅，兩人都是我從小看到大。

朱先生的家傭叫阿心姐，廣東人，由朱先生教導下燒得一手好的上海菜，朱先生一直叫我到他宿舍中去吃飯，當我是他的兒子，對我的恩情，一世難忘。

到香港

到了香港，第一件事就是請六嬸黃美珍為我做幾件西裝，大概是六先生見我在日本時穿得寒酸。

記得是在尖沙嘴的一間西裝店，六先生穿的都在那裏訂製，六嬸為我選了好幾套料子，是 Dormeuil 製品，後來才知道是最貴的。

接着便被安排入住影城宿舍敦厚樓，門外有塊基石，是由當年的港督戴麟趾奠定的，六先生的交遊廣闊，連建一宿舍都請得動殖民地的最高領導。

敦厚樓分兩座，也叫第三和第四宿舍。第四的是一座七八層樓的單身公寓，讓男演員和職員居住，第三宿舍則是大明星大導演才有資格住得進去。

記得有何莉莉和張徹、何夢華等人，岳華也住在裏面，我對面的房子本來是分給傅聲的，但他是富二代，在附近有大別墅，就讓他的好友武師林輝煌住在裏面。

林輝煌是閩南人，和我用福建話交流，那時候片廠裏面有個福建幫，很多人都是由閩南來香港的，大家都只用粵語，我來後鼓勵眾人說閩南話，比較親切，結果成為福建幫的幫主。

因為年輕，認為睡覺是浪費時間，我從在日本那段時間開始就遲睡早起。六先生知道我的習慣，一起身，六點多鐘就打電話給我，也不是全為了工作，甚麼都說，看了甚麼老電影忘記了片名，就要問我，我雖然別的事記性不好，但一談起電影來，甚麼都記得。在新加坡當中學生時，已經編了很多冊紀錄片名、導演和攝影師的資料；當年很少電影百科書，也沒有Google，一查起來不方便，就做起這份工作，可惜沒有留下。

六先生一問我即刻能夠回答，他笑說我是一本字典，說出片名後他就打電話到各家外國公司拿拷貝來看，看完喜歡的也當然借用了。

習慣養成後，六先生差不多每天一早來電話，我要比他早起才能清醒，晚上又要和岳華及其他友人喝酒，一天只睡幾個鐘頭。

當年的影城像一個大家庭，到了晚上拍夜景，導演們為了方便，也用影城附近的建築當背景，記得我第一個晚上住入時睡不着，就散步出來看拍戲，大量的臨時演員當中有很多熟悉的面孔，像妞妞的媽媽也參加了一份，她說反正沒事做，賺一點外快也好。

影城到市區有一大段路，門外有一大片空地，停了多輛福士的九人車，這就是交通部了。出入全靠這些車子，沒有冷氣，到了夏天頗熱，但也沒聽過甚麼人投訴過。

大明星當然有私家車，最突出的一輛跑車卻不是明星的，而是屬於日本攝影師西本正，他買了一輛福士的跑車叫 Karmann Ghia，當今看來是架經典的古董車。

但和六先生的座駕比起來一點也算不了甚麼，在影城入門後轉左，就

HOUSE
邵氏

Shaw
STUDIO

是他的房車收集處，多得放不下，其中勞斯萊斯就有多輛，其中一架有兩個引擎，一個壞了就由另一個發動，永遠沒有死火的可能。

另一架 Cadillac Escalade 也是經典車，不過美國車都左邊駕駛，香港的法律只容許右邊的，那怎麼辦？

六先生笑着說：「我打電話向他們買右邊駕駛，他們說只能訂製，但一訂製起來就最少得做十輛，我說沒有問題，他們就做好了運來。」

「一個人用十輛幹甚麼？」我問。

六先生說：「運來後我召集了九個朋友，一人買一輛。」

車雖然多，但六先生喜歡的還是那輛勞斯萊斯，他一上車就打開報紙來看，從來不浪費一分一秒。六先生本人住在同一條清水灣道的井欄樹的公寓中，地方不大，但他說住慣了舒服就是了。

到後期，有地下鐵時，六先生一遇到塞車，就跳下來搭地鐵。一個人，不怕有綁匪嗎？有人問他。六先生笑着說：「大家以為我一定有保鑣，不敢動我。」

沒有人敢綁六先生，但綁了他的兒子邵維鍾。有一天，六先生和我在試片室看戲，忽然電話響了，從新加坡傳來消息，邵維鍾被匪徒綁了票。

「要不要停一停？」我問。

「繼續放映好了。」六先生一點也不動聲色：「綁匪要的不過是錢，有錢就有得解決。」

我從來沒有看過那麼鎮定的人。

大家都想知道後來怎麼解決，邵維鍾這個人也全身是膽，歹徒綁去後他被藏在車尾箱，一路顛簸時鎖鬆了，他就等在紅綠燈位車停時打開車尾箱逃走。

「他們沒下車抓你？」後來我遇到他時問。

「我已經逃得遠遠，他們也跳下車向我開槍，我就學着電影裏面Z字形亂跑，他們的槍沒打中我。嘻嘻。」他事後還笑着說，真有其父之風。

影城的馬

那座宿舍之中，除了朱旭華先生家裏的滬菜最好吃之外，何莉莉的媽媽燒的淮揚菜也是一流，而且以本傷人，常以最貴的食材取勝，在一般薪金只有四百塊港幣的當年，何媽媽叫她的司機車她到尖沙嘴加連威老道走一趟，就花上一百，當時的人聽到了都嘩的一聲叫出來。

加連威老道的橫街上有數個檔口，賣的都是最高貴的東西，當今還剩下一家賣蔬菜的，其餘已消失。宿舍中有私家車的職員們也喜歡到九龍城街市買菜，當時還沒有市政局的大樓，菜市場開在賈炳達道上的一排鐵皮屋，食材已經應有盡有。

沒有車的，就等到公司的巴士出城去買，邵氏有這種福利，每天都有幾班免費的巴士接送工作人員進出，連住在附近大埔仔村的人，不管是不是邵氏職員，也照乘搭。

不出去的人，就等待星期一三五一輛賣菜車，會停在第一宿舍外的籃球場，所賣的東西不多，但也夠一般人選擇。

小明星們就等這賣菜車，買些簡單的，煮煮即食麵應付三餐，但巧婦型的演員也不少，像一位叫劉慧玲的，是個湖南姑娘，所煮的菜又辣又香，在片廠中如果能分到她燒的辣魚辣菜，就能連吞白飯三大碗，吃個上癮。劉慧玲本人長得十分漂亮，一出現就讓人有驚艷的感覺，尤其是她左側鼻子旁邊那一顆痣，給人一個風騷又多情的印象。她演技頗佳，不時在李翰祥的風月片中演小丫環，又曾在《倚天屠龍記》中演紀曉芙，都有一流的表現，但可惜星運不佳，雖然在孫仲導演的《廟街皇后》中擔正過，其他片子一直是配角，後來回到台灣歸隱，就沒有再聽過她的消息。

其他住在影城宿舍裏面的人，最大的娛樂，還是在週末出城去看「午夜場」。當年的午夜場等於是一部電影的試金石，午夜場成功的話，片子上映時一定賣座，到了週末，大家都乘免費巴士擠進戲院裏面去。

有車階級的最受歡迎，回程可以搭順風車不必擠進公司免費巴士，也有一些頑皮的明星，像王羽和羅烈，他們到了戲院，還剩下半個多鐘才上映時，就互相鬥快，在那麼短短的幾十分鐘內，飛車回影城，撒一泡尿，再趕出來，戲剛剛上映。

當年從戲院回影城，要經過很多彎曲的道路，天氣不好時一路霧霾很濃，勾起很多台灣離鄉背井到香港的小明星們很多感觸，她們有些極有才華，也就自己又編曲又作詞，作出一首極動聽的歌來，歌詞到現在我還記得，詞曰：

清水灣道霧茫茫
鐵窗生活多麼淒涼
夕陽西下更悲傷
手扶鐵柱向外望

清水灣道霧茫茫
孤苦離家在外流浪
拋棄兄妹爹和娘
如今一切成空想
影途渺茫不堪想
我們今日如同籠中鳥
我們今日如同網中魚
既不能夠自由飛翔
又不能夠任意飄盪
清水灣道霧茫茫……

這首歌唱得最好的是林珍奇，本名林景琪，台灣宜蘭人，初中畢業後在台北任攝影模特兒，藝名蒂蒂，加入電影公司，主演了《雙龍谷》(1974)等片子，七四年被招聘為邵氏基本演員，簽約八年。林珍奇星運頗佳，一開始就擔任主角，主演了孫仲導演的《同居》(1975)，當年她青春氣息迫人，樣子又像混血兒，導演要求她演甚麼她都欣然答應，接着平步青雲。年輕的她甚麼都想試試，常去騎馬。香港的馬會有大批馬匹，老了跑不動時就得人道毀滅。

拍的古裝片中都需要馬匹拍戲，六先生就向馬會說：「那多可惜，讓我們來養。」

馬會樂得聽到，要多少匹就拿多少匹吧，他們說。結果在影城建了馬廄，是一位退休的騎師訓練牠們，大家都叫他為「馬王」。

經訓練過的馬可以拉着馬車跑，也可以成群結隊地衝向敵人，馬兒很聰明，聽到導演喊 Camera 就一口氣地往前跑，一聽到導演叫 Cut 就即刻停下，一步也不肯白費工夫。

只有大明星們才可以向馬王借出馬匹騎騎，當年除了攝影棚之外，還在後山搭了幾條古裝街道當實景，另外在後

山的海岸上搭了一條長橋，很多張徹的武俠片像《獨臂刀王》（1969）時，都在橋上拍，這座橋後來一直延長到海邊去。

最初，有許多從台灣偷渡來香港的，都從海邊上岸，躲了起來，熟悉了香港環境再跑出來，給警察抓到了，就可以裝成自己是香港人，後來情勢轉變，台灣人的偷渡，改成內地人偷渡，也用了相同的手法。

狄龍常在戲裏騎馬演大俠，現實生活中他也喜歡，經常一早騎着白馬在後山跑，偷渡者一遇到，好像時空旅行回到古代，跪下來喊大俠救命，狄龍也很仁慈地指點他們怎麼躲避警察的追查。

輪到林珍奇學騎馬，馬兒最初很聽話，但一發狂，就衝到錄音間，一下子停住，把林珍奇整個人摔向牆壁，差點粉身碎骨，但吉人天相，終於醫好。她息影後嫁了一位賣冷凍肉的商人，後來無聊開了一家「扒王之王」

的牛扒店，生意滔滔，她先生才搶過來做，她本人就退休了，在香港和台灣兩地生活。

致命傷

在六先生身邊那些年，學習到的是，凡做甚麼事，都要認真去做。

六先生從一個一句英語也不懂的人，認真學英文，到最後以英語對答如流，都是因為他認真去做、去學。

六先生能夠後來活了那麼長的命，都是因為他很有規律地學太極拳、學氣功，那種毅力，不是一般人做得到的。

上了他那輛勞斯萊斯，第一件事就是打開後廂那盞小燈看報紙。他愛看的只是《星島日報》，我問他為甚麼只看一家的報紙，他說：「時間已不夠用了，不能太濫、太雜，世間發生的事只有那麼幾件，看一家的報紙已經足夠了。」

六先生也有自知之明，年紀一大，記憶力一定衰退，他西裝的袋中一定裝有一張硬卡，那是四角鑲金的牛皮硬板，中間塞了白色紙張，一想起甚麼，即刻用鉛筆記下。他的字寫得很小，但非常用力，時常透過第二張紙去。做過甚麼承諾，他一定記下。

回到辦公室，他就把小紙上寫的事叫秘書打成備忘錄。他有兩個秘書，一個專記中文，另一位記英文的是位英國女士，用的是速記，用蚯蚓一樣的符號迅速地記下他的一言一語。

還有一件厲害的是他的交際手腕，六先生最愛開派對，在片廠中新建了別墅，自己不住進去，只是用來邀請一些英國殖民地年代的嘉賓。在別墅中也有家豪華的戲院，放映一些新電影，都是未經電檢處通過的，像《巴黎最後的探戈》（1972）一類的戲，中間的大膽鏡頭，看得觀眾津津樂道，都感到被邀請是一種榮譽。

吃的東西非常粗糙，有時還是家傭們煮的，六先生認為洋人都不太會吃。用的餐具倒是很講究，像當年還沒有人用過的魚翅碗，有個旋轉圓形銀蓋子，下面點蠟燭生着火的，都得到洋人的嘆賞。

喝的是Pouilly-Fuissé白酒，一箱箱地買，當年價格也便宜，洋人朋友都感覺非常高級了。

設宴之前，一定自己走一趟，檢查有甚麼不妥，我認為這都是浪費時間的事情，剛好就有一個打開銀幕的電掣壞掉了，他轉頭向我說：「要是沒有親自看過，到時候臨時哪裏找到電工來修理？」

邀請的嘉賓名單上有移民局、消防局、交通部的高官，水電工程等等，這群人的免費餐吃多了，要是六先生在政府部門有甚麼行不通的，叫秘書打一個電話去，大家都給面子。宴請這群人當然有目的，但也不是每一個大人物平時肯花那麼多時間做的事，也可以說是用心良苦吧。

在香港電影的黃金年代，邵氏片廠每年得製作四十部電影才夠維持一條院線，六先生說：「甚麼戲都要拍，這種題材觀眾看厭了，就要拍另一類的。觀眾像一隻貪婪的野獸，永遠不會滿足，永遠要用新的片子來餵飽他們，我們才能生存。」

「那得拍些甚麼呢？」我問。

「甚麼都得拍，就是不能拍一些觀眾看不懂的，不然他們會背叛你。」他說。

六先生的眼光很準，也許是因為這一行已經做久了很熟的緣故。

「萬一有一部是失敗的呢？」我問。

「很少萬一的。」他說：「就算有萬一，票房不會騙人，第一天沒有人去看，馬上就得換片，保住這塊招牌最要緊。」

後來，他還叫人在片尾添加上一行字幕：「邵氏出品，必屬佳品。」

我年輕，年輕人都喜歡一些帶藝術的片子，也對電影有一點所謂的抱負，向六先生說：「一年拍四十部，就算一部有藝術性，但不賣錢也不要緊呀。」

武俠
色情
功夫

六先生笑着說：「一年拍四十部，為甚麼不四十部都賣錢，一定要一部虧本呢？」

「好萊塢也是商業為主，他們的作品也有些很有藝術性，但市場也能接受的呀。」我抗議。

「你知道他們的市場有多大嗎？」他反問：「當我們也有這種市場，我也肯拍一兩部來試試。我不是沒有失算過，在觀眾看厭了黃梅調我就轉拍刀劍片，當刀劍片看厭了我就拍功夫片。總之動作片最為穩當，從默片《火燒紅蓮寺》開始就是這個定律。」

「要是當武俠片也看厭了呢？」我追問。

「那就得拍色情片了。」他說：「如果你愛電影，像我那麼愛電影的話，你就會了解你想在電影行業中忙多幾年，為了想忙多幾年，甚麼題材都得拍，就是不能拍藝術片，那是另一種人才拍得好的。我是商人，做商人就要做到底，不能又想做藝術家，又想做商人。電影這一行，是燒銀紙來討好觀眾的，不燒銀紙的話，就很難賺到觀眾的錢。」

也許，燒銀紙這句話，是造成後來邵氏電影沒落的致命傷。

合作片

在六、七十年代，邵氏這個電影帝國的版圖不止雄踞星馬，香港有塊幾十萬畝的地皮建築了片廠，戲院建到美加，都是最好的地皮。

如果有機會到星馬走一趟就知道厲害，邵氏在新加坡的幾棟商業大樓都建在最好的地段；馬來西亞的大城市不必說，連小鎮都有他們的戲院。

在最早期一個鎮只有一條大街，而戲院的位置就是佔在中央，小鎮發達後當然變成最有價值的地皮，都由邵氏公司擁有。

電影發行到東南亞的每一個國家，除了日本之外，韓國、菲律賓、柬埔寨的最大發行商都要爭着買邵氏的版權；越南在戰爭的最後一刻，群眾還是擠到戲院裏面，恐怕以後沒得看。

「東方好萊塢」的名稱已經建立，美國最權威的雜誌派人來採訪邵氏片廠，佔了多頁版面，其中一張照片，是請六先生把他的勞斯萊斯駛進片廠，站在旁邊，周圍被百多位明星包圍住。

西方的製片家們當然沒有放過這個機會，紛紛前來要請六先生投資他們的電影。其中一個是小亞倫烈特 Alan Ladd Jr.，他父親拍的《原野奇俠》（Shane）（1953）沒有人會忘記，拿着這塊招牌，小烈特來到香港，奉上一個劇本請六先生投資。六先生把劇本拿來給我們看，好傢伙，是一個充滿色情加暴力的科幻題材，片名叫《銀翼殺手》（Blade Runner）（1982），男主角已內定了在《星球大戰》（Star Wars）（1977）的Harrison Ford，導演則是Ridley Scott。拍過《異形》（Alien）（1979），被稱為最接近史丹利·寇比烈克的《2001太空漫遊》（2001: A Space Odyssey）（1968）的作品。

「劇本娛樂性豐富得不得了。」我問：「為甚麼製片人還要在好萊塢以外找投資者？」

「我也問過同樣的問題。」六先生說：「他們回答是在好萊塢，一有大公司投資，便在拍攝上有諸多的條件和限制，意見多多，小亞倫烈特和導演簽的合同是在創作有自主權，所以找到我。」

天文數字的金錢是投了進去，一切不能過問，所得的只是在字幕上打出投資者的名字，但聰明的六先生，因為在之前投資的《世界末日》（Meteor）（1979）損過手，所以在合同上加了一條：「電影發行後的第一筆收入，首先歸還投資者。」

片子後來成為科幻電影的經典之一，但導演為了創造獨特的風格，把電影拍成科幻片中的黑色作風（Film Noir），刪剪了劇本中的許多色情與暴力，整天下着雨，陰陰沉沉。票房上是失利了，但賺得所有影評的讚許，成為科幻片的經典，藝術上的成績高過《異形》。

但是，六先生沒有虧本，各位在片頭片尾上還是可以看到六先生的字幕。

其實六先生的野心早在六十年代尾已經開始，有一天從好萊塢寄來十幾二十個木箱的資料，六先生叫當年來港學習製作的三先生大兒子邵維錦和我去打開來看，原來是美高梅寄來的。

裏面充滿了製作之前的準備功夫，除了幾個版本的劇本之外，更有數不清的研究，像香港這數十年來的天氣報告，等等等等。

原來是《大班》（Tai-Pan）一片的服裝和道具上做的研究，六先生準備拍這部電影，本來是美高梅想拍的，從來沒有拍成。從美高梅的手上買下這部戲的版權，連帶的是它的一切資料。

也由好萊塢派來幾個資深的製作人，由我帶着他們到香港的各個小島去，研究在哪裏可以呈現早年香港的港口，六先生雄心勃勃地要把這個題材拍成一部可以在全世界發行的鉅作。

拍這種電影需要一個巨星，六先生看中的是史提夫．麥昆（Steve

McQueen），和他的經紀人約好在一家酒店見面時，對方竟然沒有出現，這等於摑了六先生一巴掌。在一氣之下，他打消了製作這部電影的念頭，是甚為可惜的一件事。

其他的合作片繼續進行，最早找上門

來的是英國的Hammer Film，這家專門拍殭屍片的公司和六先生一談即合，拍了《七金屍》（The Legend of the 7 Golden Vampires）（1974），賣座成績平平。對方因為有邵氏在製作上的支持，省了不少製作費，邵氏當成是四十部片中的一部，也沒多花了甚麼錢。

Hammer在同時也拍了一部叫《奪命刺客》（Shatter）（1974）的懸疑動作片，用了過氣的好萊塢明星Stuart Whitman，劇本沒有弄好，又炒了導演魷魚，由老闆Michael Carreras親自上陣把片子完成，當然是不湯不水的失敗之作。

合作片都不理想，西方製片家只是想佔點小便宜，邵氏本身拍的動作片《天下第一拳》（1972），反而在西方賣個滿堂紅。發行商看一般的東方製作，都覺得在拍攝和剪輯上亂來，Zoom來Zoom去，看得頭昏眼花，看中這部戲正因為導演是韓國的鄭昌和，他在手法上按照好萊塢的規矩，鏡頭一個個交代得很清楚，很像西方電影，觀眾一下子就接受了。這部電影首先在意大利賣錢，接着在世界上多個國家發行，成為邵氏在海外最賣座的電影之一。

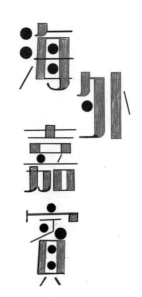

海外嘉賓

邵氏製作的《天下第一拳》（1972）在意大利發行時改名為《五根手指的暴力》，是指片中用鷹爪挖破對方肚子的場面，西方觀眾從沒看過，大呼過癮。香港駐多倫多經濟貿易辦事處的處長盧潔瑋在滿地可的Fantasia電影節也曾經說過：「這是香港首部賣到北美主流市場的功夫片，取得驕人的成績，自此以後香港功夫片風靡全球，功不可沒。」

意大利導演Antonio Margheriti最是抓住這個機會，請《黃昏三鏢客》（The Good, the Bad and the Ugly）（1966）中的Lee Van Cleef和《天下第一拳》的男主角羅烈對立，拍了《龍虎走天涯》（The Stranger and the Gunfighter）（1974），香港發行時覺得片名太長，改為《Blood Money》。

Lee Van Cleef來港時已深深中了酒精的毒，手中一定要有一瓶伏特加，一天數瓶，喝得不省人事。他的頭已禿，演反派的話禿就禿，沒甚麼要緊，但擔正英雄就形象不佳了。好萊塢替他做了一個完美的頭套，那是個圓圈圈，甚麼角度看都是一樣長短假髮。為甚麼那樣做？方便他戴時只要往頭頂中間一貼，就能遮住那禿頭。每次輪到他上陣，我都要去把他扶起來，忍受着他那臭氣沖天的口氣，拉到鏡頭前面，說也奇怪，導演一喊camera，演員天性就自動地發揮出來，不管多醉，也能把那場戲完成。我一向感嘆吃演員這一行飯的人，他們就有這種天生的才華。

另一邊廂是羅烈，他來自印尼，是個福建華僑。我早在第一次來港時就和他成為好友，當年他和午馬兩人是最佳傍友，常黐着張徹吃免費餐的。羅烈有一身強壯的肌肉，有次六先生還按着他手臂上的那塊老鼠肉，開玩笑地說可以拿一百萬港幣來和他交換。

羅烈是位好演員，但私底下毛病甚多，他控制不了眼部神經，眼角會不停跳動，看起來像不斷地眨眼，可是一站在鏡頭面前，眼睛即刻發出光芒，跳也不跳了。

邵氏影城是一個巨大的工廠，在中間工作的人都是一個個的小螺絲，片頭上的監製字幕，不管是誰負責的，都輪流地掛着邵逸夫和邵仁枚。

越早知道這個事實越安心，我在邵氏的那些年銳氣已被磨平，覺察沒有甚麼作為，這是我一早就接受的了。好玩的是其中交往的各種類型的朋友，和解決製作難題，以及出外景時樂趣。

慕名來這東方好萊塢的人的確不少，可能是因為我精通外語，招待嘉賓的任務都交在我身上。印象最深的是摩納哥國王和王妃，來影城參觀時兩人已上了年紀，都有點發胖。大概是葛麗絲．凱莉還對電影念念不忘，來到香港說甚麼都要來邵氏影城走一趟，我帶着他們四處走，王妃看到進行中的電影製作非常感興趣，問長問短，國王則甚少發言，這時方小姐一派人都不懂禮貌地擠上來要和王妃合照，我要阻止已來不及，看到王妃只是略略皺一下眉頭，還是一直保持着王室風度，印象猶新。

SHAWHOUSE

當年喜劇演員丹尼·凱（Danny Kaye）也來了，帶着的是他的「太太」，一個肥胖的中年男人，喋喋不休地罵這個罵那個，十足「母狗（bitch）一隻」，給丹尼·凱大喝一聲才住聲，沒有看到，真不會相信他是個同性戀者。另一個喜劇演員「不文山」Benny Hill就正常得多，不過可能這一行飯吃久了，凡一對着鏡頭，即刻發揮他的喜劇才能，做些鬼臉才肯罷休。

前來拍戲的Peter Cushing又高又瘦，整個人就是英國紳士的形象，溫文爾雅，說話也很小聲，他告訴我的是他的名言：「誰會要看我演哈姆萊特？很少吧？但有幾百萬人都想看我扮殭屍殺手，我當然也樂意扮演。有時候觀眾會覺得我是一個怪物，但我從來沒有扮演過那些角色，我演的只是殺怪物或製造怪物的人。

「其實，我是很溫柔的人，我連一隻蒼蠅也沒有殺過。」

「那你平時喜歡做些甚麼？」我問。

「我喜歡用望遠鏡觀察鳥類。」這個答案是我預料不到的。

連德國拍藝術片的導演 Wim Wenders 也來了，他老是問我：「你們為甚麼不拍一些得獎的電影？」

我也老實回答了：「我們不會呀。」

Peter Bogdanovich 也來了，他是影評家出身，早期的電影像《最後的電影》（The Last Picture Show）（1971）得到無數人的讚賞，後來也拍了一些賣座的好萊塢片，像《瘋狂飛車大鬧唐人街》（What's Up, Doc?）（1972），他本人言語無趣又自大，一直說他有多少個管家。在美國有管家的人是不多，但毋須向我這種年青小輩炫耀，我和他一起吃飯時，看得呆的是他的太太Cybill Shepherd，當年的確是大美人一個。

也不全是演員和導演，印象深的反而是海外的記者，有位叫Oriana Fallaci的意大利人，當年還不知道她是一個厲害人物，只是和她很談得來，我去羅馬旅遊時也找過她，請我吃飯時喝醉了，說她當戰地記者時出生入死，看我不相信的表情，馬上把衣服脫了，身上傷痕累累，不得不服。

第三代

三先生有兩個兒子，邵維錦和邵維鋒，六先生也有兩個，邵維銘和邵維鍾，為維字輩，名字之中各有一個金字旁。

維銘像媽媽，很有福相，一直笑嘻嘻地，也被六先生派來香港學製作，他覺得那麼辛苦的事做來幹甚麼？在新加坡享清福多好，住大宅，出入有人接送，新加坡小食也好吃，不一定要來香港享受鮑參肚翅。來了一陣子之後向六先生說還是新加坡發行的工作較適合他，很技巧地告老回鄉。

維鍾樣子和六先生一模一樣，不笑起來令人生畏，來到香港時已是方小姐抓了主權的年代，一切支出都是她來批准，維鍾住了一陣子之後，說薪水太少了，再下去可能要向方小姐申請per diems呢。這句英語是每天出差津貼的意思，外國工作人員來港，除了工資之外都可以領取每天多少錢當零用。

兄弟兩個都是聰明人，沒有正式與方小姐衝突，只吵着說不再住下去，六先生也沒他們的法子。

三先生的大兒子邵維錦就比較喜歡製作這門工作，帶了太太及兩個小兒子舉家來港，在影城對面直接花父親的錢買了一間豪宅，手頭闊綽又買跑車又買遊艇，過着自己喜歡的生活。

和哥哥同時來的有邵維鋒，他是第二代中長得最英俊的成員，人很高大，性格又和母親一樣溫和，還沒有結婚，要有多少女朋友都行。

但愛情專一的他，早年邂逅了一位國泰的空中小姐，認識之後便一直在一起，絕不拈花惹草。

家裏對這個對象是反對的，認為他可以娶個富家小姐。那時候邵氏也和許多新加坡的大家族結交，女兒們都鍾意嫁給他，但維鋒從來不看她們一眼，最喜歡的是跟着哥哥出海釣魚。

平日在片廠中他愛結交各個部門的小人物，向他們學習各種技巧，當中最好的朋友是負責爆炸的阿劉，兩人時常結隊成行，外國的攝影隊來港時，一有爆炸場面他就跟着去開工。

片廠中有一個部門，讓阿劉製造他的炸藥，一天忽然發生意外，把整個部門炸開，在最緊急關頭，也只有邵維鋒一個人衝進去把阿劉搶救出來，阿劉進院時每天去探望，等復元後照樣跟着他開工。

穿着最隨便的維鋒，在片廠中任何一個人遇到他都不會聯想到他是大老闆的兒子。出入清水灣那條路，他買了一輛日產二手車，非常愛惜，去到哪裏都離不開這輛破車，到最後回新加坡時還千方百計地把車子運回去，修理完了再修理。

回到新加坡，邵維鋒繼續和這位英文名字叫 Diane 的女子來往。後來，Diane 生了一場怪病，手指和腳趾的關節腫了起來，行動更是不便，家裏又催他娶別的女孩子，維鋒很孝順，從不違反父母的命令，但也堅決地拒絕。

這個關係一直維持了幾十年，到了最後，Diane 已經不能走動，去看病時，維鋒照樣駕着他那輛破車，替她打開車門，抱着她去看醫生，一直不離不棄。這種情愛，寫成劇本，也沒有人相信。

Diane的母親叫沈雲，是演員金峰的太太，金峰是潮州人，與沈雲演舞台劇時認識結婚。金峰也紅極一時，和多位明星合作過，像鍾情等，但也從來未搞出緋聞，是位好好先生。

在一九七一年，本身為邵氏基本演員的金峰，借了給韓國申相玉拍過《啞巴與新娘》，得了第九屆金馬獎。很少人知道他的父親是中國電影化妝界的一代宗師方圓。方圓是典型的藝術家，蓄了全白的鬍子，每日修剪，是一位美髯公，在《船》（1967）一片開始時粉墨登場，如果大家重看此片便能見到他。

金峰和我合作過《遺產伍億圓》（1970），在日本拍此片時每天用潮州話相談甚歡。沈雲則在拍《女校春色》和我成為好友。

沈雲是位賢妻良母，供兒子到波士頓去留學。第一次飛去探望時兒子說給她一個驚喜，準備了被單和野餐用具，沈雲問說去哪裏，兒子也不答。

一路，來到一個寬闊的公園，找到一角，鋪了被單，讓母親躺着看着雲朵，旁邊有一支交響樂隊做露天表演。這種情景在香港何處覓？沈雲愛上了波士頓，舉家移民，在那裏開了一家中國餐館謀生，食物出眾，許多美國的政界人物都前去光顧，成為當地名人聚集的場所。

到了後來，方圓和金峰相繼去世，沈雲也聽到女兒Diane在新加坡走了，就回到東方，邵維鋒為她買了一間豪華公寓讓她安享晚年。

至於維鋒現在在幹甚麼？他照樣在邵氏大樓上班，做發行電影的工作。到了假期和他最好的法國老友Jacques出海釣魚，過着平凡又優閒的生活。

And they live
Happily
Ever after...
The En

人生經驗

幾個第二代中，三先生的大兒子邵維錦對影城最有建樹。從前的燈光器材非常笨重，尤其是那盞一萬燭光的燈，大如巨型貨車車輪，要巨漢才搬得動，邵維錦看到在合作片中外國燈光組帶來的石英燈，不但輕巧而且有一萬兩千燭光，一個普通人兩手提兩盞也不是問題，打起燈來效率高出許多，就向六先生提出應該是時間買一批了。

方小姐在一切應省則省的原則下大力反對，但六先生礙於這是三先生的兒子，也要給三分薄面，就批准了這項採購。

在七十年代末期，邵維錦與我遠赴意大利，參觀了最著名的燈光公司 Sirio，並大批買下，除了一萬二千火的，再買更先進的二萬五千火燈光器材，令得其他電影同業羨慕不已。

除此之外，為了穩定車軌的跳動，更向好萊塢買了最新型的推車 Dolly；此外有一部車架可以放大和縮小的 Spider Dolly，也是香港電影界前所未聞的。

那個年代，六先生想自己建一間香港最好的戲院，選在香港銅鑼灣的貿易中心，知道邵維錦對外國器材研究得頗深，又因為他在新加坡時管理過多家戲院，這個任務就交了給他，結果是做出了「碧麗宮」這間，相信老一輩的電影觀眾都在那裏看過戲。

在邵維錦的監製下，拍了《女集中營》（1973）和《猩猩王》（1977）等戲，版權賣了給多個國家，據邵氏沖印廠的記錄，印出的拷具是歷來最多的。

沖印廠也在七十年代建立，先由六先生派出兩名學徒，分別從東京視像所和東洋視像所學習，買入最先進機器，是香港所有彩色沖印廠中最優秀的。當年影城，一切有關電影的部份都設立在裏面，包括一個部門專門印刷邵氏出品的海報。

兩部電影的女主角後來都和我成為好朋友，前者叫 Birte Tove，是呂奇拍《丹麥嬌娃》（1973）時請來的，戲中當然有許多裸露的鏡頭，她大方得很，一點也不在乎，從不遮遮擋擋。她說北歐有太陽的日子太少，一出太陽大家都光着身子去曬，是件很自然的事。性愛更是生活的一部份，床上戲更是家常便飯，但和誰做倒是嚴謹的，他們的思想還是保守，沒有感情不會亂來。

戲拍完回到丹麥，我們一直有書信來往。她是一個知識份子，在丹麥的演藝界頗有威望，有次我旅行時到了她的家鄉，被招呼到她家裏吃飯，當年她已有兩個小孩，電視中出現春宮片段，小孩子們都喊着要媽媽轉台去看卡通片。她在二〇一六年因病去世，享年七十一。

另一女主角 Evelyne Kraft，姓氏和著名的芝士產品一樣，我一直叫她做卡夫芝士。她也是一個思想十分保守的女子，不拍戲時喜歡在家做菜和洗衣服，十足一個賢妻良母型的女子。戲拍完後回到瑞士，也主演過幾部戲，後來嫁給了一個地產商人，為他生了三個兒子；息影後專心做慈善工作，也致力動物的福利，在二〇〇九年五十八歲時心臟病走了。

《猩猩王》（1977）一片是模仿《金剛》（King Kong）（1973及1976）的電影，沒有甚麼好談的商業片，但因戲中需要女主角和野獸的合演和大批的臨時演員，只有跑到印度去拍，我帶了導演何夢華和演員李修賢、徐少強等人在森林中拍了兩個月的外景，吃足兩個月的咖喱。

說是咖喱，但只是在一個大水壺中浸了胡椒粒和鹽，倒在破碎的米飯中罷了，這是印度工作人員的午餐，我為了表示與大家同甘共苦，和他們吃一樣的東西。有時要為大家加菜，但當地製作人員說不能破例。

雖然說甚麼苦都吃盡了，但是得到的人生經驗和樂趣都是一般人體驗不到的。

我們拍戲的地點在印度的 Bangalore 附近的森林，當今是他們IT工業最繁盛的地方，如果當年沒到過今天也許不會特地一遊。Bangalore 說是鄉下，但環境十分幽美，天氣也不像其他地方那麼炎熱，為許多土皇帝建築他們行宮的地點，我們有外景時入住了一個改建成酒店的宮殿，那種氣派倒是難於享受得到的。

森林本身是一個戒酒的區域，我們每天出入時將一瓶白蘭地埋在邊境草叢中，收工後找出來大飲特飲，非常過癮。

住久了也了解一些印度的民生，像那麼貧窮的地方，電影戲院是堂皇極了，座椅用天鵝絨鋪着，比香港的還要高級。為甚麼有那種享受？從森林回來時見到一大群又一大群人步行進城，原來觀眾都是走了兩個小時才能來到，片子也要長達三小時，載歌載舞，花了那麼大的功夫，步行到戲院，

非讓觀眾滿足不可。

片中需要群眾的場面，我向當地工作人員說要兩千人，他們說一點問題也沒有，結果來了三千人以上，都是為了中午的那個飯盒。

香港的員工當然有更好的待遇，請了一個女廚子為大家煮飯，菜餚天天是雞，我問為甚麼沒有魚？女廚子問甚麼是魚？我在紙上畫了一尾給她看，說你沒有吃過，不知道魚有多好吃，真是可惜！她回答：「先生，沒有吃過的東西，可惜些甚麼呢？」

這都是人生難得的經驗和教訓。

李翰祥

終於，我和嚮往已久的李翰祥有合作的機會了。

在當學生時，看過他導演的一部黑白片叫《雪裏紅》（1965），戲中的說故事技巧，場面與鏡頭的調度，節奏的緊密等等，都是跨時代的，超出一般的幼稚國產片，對他十分地佩服，認為中國電影一定有機會在國際影壇上站得住腳。

李翰祥曾在國立北平藝術專

科學習油畫，又在上海戲劇專科學電影，可以說是科班出身；來了香港之後從美工做起，又有機會拍了不少低成本的製作，到了《雪裏紅》時才真正得到重視。

香港與大陸政治上隔絕了幾十年當中，內地出現了黃梅調電影，歌詞和音調都極容易上口，是香港片子中從來沒有的衝擊，李翰祥向六先生建議照樣借用，結果拍出了《江山美人》（1962），片子大成功後追擊拍出《梁山伯與祝英台》（1963），更是瘋魔天下的華人觀眾，非但在星馬大賣特賣，在台灣的金馬獎時，如果這部片子得不到獎的話，是會引起暴動那麼誇張。

李翰祥當然被捧到天邊去，接着他破壞與邵氏的合約，到台灣拍戲與邵氏打對台，這都是已成為歷史，各位有興趣可以翻查電影資料。

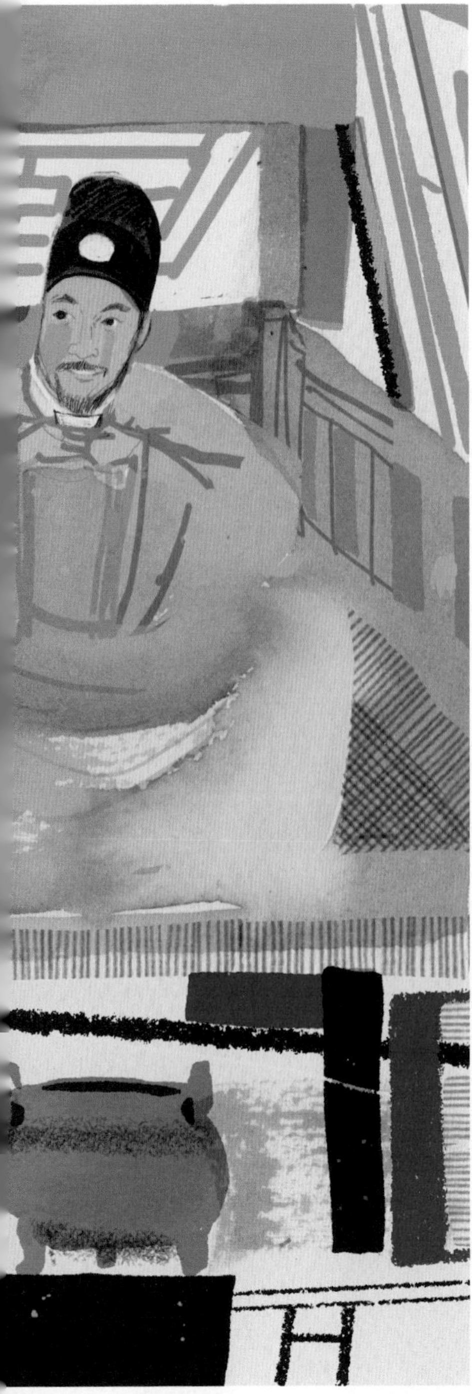

我要講的是這麼一個人，六先生是否恨之入骨，永不錄用？當他在外面失敗後，回頭來求六先生再給他一個機會時，方小姐當然大力反對，但六先生就是有那麼大的氣度，把他請了回來。

那時他在邵氏片廠大興土木，搭了整個古裝市鎮，小橋流水，一意要重現《清明上河圖》中的繁華，六先生毫無異議地批准那麼鉅大的工程，

在攝影棚的旁邊把一整條街搭了出來。

「翰祥就有那麼大的本事，」六先生向我說：「你讓他搭甚麼佈景，他都可以一點一滴地拍出來給你看。」

是的，六先生是愛才的，他更愛電影，為了拍好戲，他甚麼錢都可以花，甚麼人都可原諒。

「那麼不是違背原則嗎？」我問他：「做人總不可以沒有原則呀！」

「我才有原則。」六先生宣佈：「我的原則，是沒有原則。」

李翰祥的長處，是他的文學修養，他和張徹一樣，是把文字化為形象，是第一手的，不像那些不看書的導演們，他們的形象，是從別人的形象得來，已是二手形象了。

在《風流韻事》（1973）中有三個故事，其中之一是《賺蘭亭》，他將繪畫中的意境充份表現，我認為這是中國電影的經典。李翰祥也有強烈的表演慾，岳華演的蕭翼，簡直是李翰祥本人的化身，蕭翼的舉手投足，每一個表情都由他教導表現出來，我認識岳華數十年，知道這個角色沒有了李翰祥的示範他是演不出的。

和李翰祥的交往，記得最清楚的是他導演《大軍閥》（1972），有一個女主角裸體的鏡頭，狄娜不肯演，說李翰祥事前沒和她說好要這麼拍，李翰祥則堅持說事前已說好的。兩個人都說自己沒錯，整個攝影棚上萬個員工都停下來，不知怎麼解決。結果六先生叫我去說服她，我只好硬着頭皮走進狄娜的化妝室，向她說道：「你們各有道理，誰是誰非我管不了，可是整組人沒工開，都是你們兩人害的。」

狄娜聽了有點猶豫，我接着說：「導演說只要拍個背影，西班牙國寶果亞也畫過那麼一幅畫，畫得美，也不覺骯髒。」

結果說服了她，李翰祥大概欣賞我這個小子有兩把刷子，又在文學和繪畫上和他談得來，從此合作愉快。

拍了一大串的風月片，李翰祥替六先生賺了不少錢，也證明他收李翰祥回來是沒有錯的。後來李翰祥得了心臟病，差點死掉，六先生花了巨款，送他到美國去開刀，撿回了一條命。

病愈後的李翰祥繼續為邵氏拍了《傾國傾城》（1976）和《瀛台泣血》（1976）等宮廷片，讓沒有去過北京的觀眾感嘆他搭出來的佈景是那麼真實。

佈景越搭越大，花錢如水，李翰祥所要的，都能跳過方小姐成立的「採購組」，直接由六先生批准，方小姐屢次向六先生投訴李翰祥不給她面子，一嘮叨起來就是一個多小時。

那些場面都是我親眼看到的，六先生有一個習慣，就是聽電話時喜歡把那條卷曲的電話線拉直，然後不斷地扭捏，方小姐越投訴得厲害，他扭捏得就越劇烈，一方面皺着眉頭，說知道了、知道了。

為甚麼要忍受這些，也是他們兩人的事，我在旁邊看，也解決不了六先生的煩惱，只感到女人是厲害的，她們一點一滴都記得清清楚楚，甚麼大小事都能從頭到底不厭煩地投訴，而男人只能聽、聽、聽。

終於宮廷片、風月片都像六先生說的，觀眾像野獸一樣地貪新忘舊，從來不看製作預算的六先生，經由方小姐手中交來一疊疊的賬目讓他審視，加上當年片廠中謠言滿天飛，說李翰祥把戲中用的古董道具都佔為己有等等，六先生到了最後，也只能讓這個老將離開他的身邊。

美好年代

對一個喜歡電影的人來講，能生活在邵氏片廠中是件幸福的事。

那些年，我每天看電影，又與一群熱愛電影的人在一起，不止是大明星、大導演，我更喜歡與電影行業的小人物做朋友，聽他們講故事。

每個攝影棚的外面都有長櫈讓工作人員休息，但坐的多數是一些特約演員，這些人你會在電影中見過，但永遠叫不出他們的名字，他們每一個人都有一段自己的小故事，讓人聽得津津有味。幾乎每個人在他們年輕時對電影都有一番抱負，年紀大後逐漸了解人生不平等的機遇，最後接受了現實，但還是依依不捨做個跑龍套的小角色。

更有趣的是製作電影每一個部門的工作人員，像搭佈景的技師，當地產事業最高峰期，需要大量的建築工人，每一個的日薪已高達數百塊港幣，我遇到一個搭佈景的，問說：「外面工資那麼高，你怎麼還留在片廠裏？」

他笑着回答：「蔡先生，在這裏月薪雖然低，但是我們幾天就搭出一間房子，那些高樓大廈，要幾年才能起一座，多悶呀！」

何止一間房子，他們能搭出小橋流水、搭出整座的城堡、搭出太空站來，只要佈景設計師能畫得出的東西，他們都可以很快地建築起來。

道具部的花樣更多，刀劍是他們的拿手好戲，從粵語片時代那種假得厲害的貼着銀色紙片木刀，發展到後來幾乎可以像真的一樣的鋁製兵器，也經過一段很長的時期。這要拜賜導演們的要求，胡金銓在拍《大醉俠》(1966) 時，叫道具部做了一批鐵製的劍，才開始逼真起來，女主角鄭佩佩打起來又用力又狠，和她對手的武師們都很怕她，好在鐵劍沒有開口，不然要殺傷多少人。

胡金銓也覺得所有的古裝人物的頭套很假，戴上了好像多了一圈頭皮，所以要求演員都盡量用自己的頭髮再去接駁假髮，才減少這種毛病。後來邵維錦來港時，我向他說英國演員同樣戴頭套，尤其是〇〇七的辛康納利，簡直看不出他早年的禿頭，我們在英國參觀片廠時高價買了一批紗，織的很細，一針針地縫起頭髮來才較真實。

片廠中有個化妝部門，大明星都同時在裏面化妝，沒有分階級，方小姐入駐影城之後，樣樣節省，罵說化妝大盒的面紙太貴，其實當今的廁紙也一樣柔軟，下令改用。有一個意大利導演看過之後，笑問為甚麼用大便紙來擦面，是不是演員都有一個像屁股的臉？

我在片廠中自得其樂，到了星期天高級職員都休息時也照樣去巡視一番。

記得有次打八號風球，這才是整個片廠停下來的時候，不然每天早晚都有人在拍戲。我照樣到裏面走走，看看有多大的損失，攝影棚與攝影棚之間的路上，忽然有一大片剝脫了的鐵皮飛了過來，好在我還年輕，反應快，即刻整個人趴倒在地上，才避過那塊鐵板，不然整個頭皮一定會被削去一半。

從我的辦公室到後山佈景解決問題，有一大段路，當年我買了一輛福士甲蟲車，是香港第一架自動波棍的，沒有第一波第二波到第四波，只有兩種，推前是前進，拉後是倒車，方便至極。片廠靠海，用久了死氣喉被鹽份侵蝕，穿了一個洞，開起來發出隆隆巨響，我也不去修理，噼噼啪啪地，前面的人一聽到就避開，威風得很。

片廠的後山建有多座佈景，有條巨大的橋樑，有個廟宇，還有大街小巷，經過這些佈景，再往山下走，就見到海了。平時沒有甚麼人去，因為還要爬峭壁，但是日本來的燈光師們不怕辛苦，一不必拍戲時他們就會帶了潛水衣到海中撈蠑螺，生個火，在上面烤熟，反正一大群，怎麼吃也吃不完。

住在片廠中雖然離市區遙遠，但去西貢卻是很近的，我們招待外賓時常帶大家去西貢吃海鮮，當年便宜得很，一大尾本地龍蝦十多斤重也不要多少錢，其他的魚類更是便宜。

記得有次倪匡兄來片廠開會，中午帶他到西貢，他最愛吃魚，西貢甚麼魚都有，我看到有條巨大的游水墨魚，就叫大廚把牠活生生地切片來吃刺身。當年沒有多少人敢嚐生東西，周圍的食客見到倪匡兄和我把一整盤活墨魚送進口，看得目定口呆，我們兩人笑嘻嘻地把整隻墨魚吞個乾淨。

去西貢還有一個好處，那就是工作煩得想辭職時，可以在岸邊僱一艘小艇，船伕划到附近的小島上，然後拿了一個鑿子跳了上去，把寄附在岩上的鬼爪螺一隻隻鑿下，好傢伙，有胖子手指那麼粗大，用海水沖個乾淨後，剝了軟皮，就那麼生吃，鮮美到極點。當今這種螺被食家們捧上天，尤其是在西班牙，簡直像魚子醬那麼貴了，我們當年當花生來送酒，一樂也。

看到影城門口的大廈荒廢了的那張照片，也想起當今的清水灣，連海水也不再清了，海洋被污染。那美好的年代，已消逝。

剪接

喜歡看電影的人，看多了，就以為自己可以當導演了。拍一部電影，不是那麼難的事嘛，他們說。

甚麼是導演？導演是一個說故事的人；說書者靠的是口才，而導演靠的是鏡頭和剪接的組合。

導演怎麼來？從前是由當學徒做起，最初是片廠中的跑腿，很勤力，導演還沒有叫到就先跑去做了，全組工作人員都會喜歡他；跑腿做久了就可以當場記，把所有的鏡頭都記錄下來；場記做久了就可以寫劇本，會寫劇本就可以做副導演。一步步來，在電影圈中浸淫多年，終於有機會，被升上來當導演。

後來，幸福的人可以上大學學電影，畢業出來也要到現場學習數年。在大學上課時，都以為自己一下子就能當導演，教授陰陰地笑，說：「讓你們自己動手，先拍一個賊，偷了東西逃走，你看見了，就去追，這還不簡單嗎？你們拍來看看。」

結果東一個鏡頭，西一個鏡頭，拍攝完畢，剪接起來，怎麼看也不順，原來這裏少了一個鏡頭，那裏又拍得太長了，才知道沒那麼容易。

這時候教授又說：「賊偷東西，逃跑了，你看見了，即刻去追，警察也看見了，以為你是賊，就來追你。你追賊，警察追你，拍出來給我看看。」

剪在一起，才知道亂七八糟，變成警察追賊，你追警察，賊跑不見了。這時，你才覺察拍那麼一場簡單的追逐戲，一點也不簡單。

導演除了這場追逐戲，還要用鏡頭把整部戲的故事交代得清清楚楚。除了說故事，還要把故事拍得感動觀眾，那更難了。高手說故事，要照顧到攝影、燈光、道具、服裝、配樂、對白、鏡頭的運用。

最重要的那環，還是剪接。

甚麼叫剪接？舉一個例，在電影最早期的默片中，有一部叫《戰艦波迪金》（Battleship Potemkin）的，拍於一九二六年。

戲中有一場經典的剪接，叫「奧蒂賽梯階」（The Odessa Steps），劇情敍述軍隊屠殺平民，一輪又一輪地開鎗，母親被殺，她推的嬰兒車從梯階上滑下，梯階的旁邊有三隻石頭的獅子，一隻沉睡、一隻驚醒、一隻狂吼。把這三隻一動也不動的石頭獅子剪在一起，就能表現出人民已經憤怒了，也就是所謂的蒙太奇。

有關剪接的書，有一本叫《電影剪接的技巧》（The Technique of Film Editing），作者是捷克的剪接師 Carl Reisz，後來也成為導演，處女作是英國新浪潮的《浪子春潮》（Saturday Night and Sunday Morning）（1960），又去了好萊塢拍過多部佳作，如《玩命賭徒》（The Gambler）（1974），回到英國，再拍經典的《法國中尉的女人》（The French Lieutenant's Woman）（1981）。讀過這部書的人，對電影剪接有最基本的概念，但在香港當年，看英文書的人不多，甚至聽也沒聽過。

在邵氏片場的放映間，六先生除了自己喜歡看戲，也常把好看的外國

片放給導演和重要的工作人員看。邵氏自己有院線，放外國電影，六先生想看甚麼新片，發行商都樂意把拷貝拿進來給他觀賞。

記得我們看完新的《週末狂熱》（Saturday Night Fever）（1977）時，已跟着音樂手舞足蹈，但很多人卻不以為然，認為只能在西方賣錢，結果證實他們沒甚麼眼光。

對於剪接和鏡頭的運用，我最佩服楚原導演，他不止跳着鏡頭來拍，還跳着場景來拍，有時同時拍幾部戲也是跳着電影來拍，他是真正懂得電影的人。

我們有時乘着六先生出國，假公濟私地向美高梅借《2001太空漫遊》（2001: A Space Odyssey）（1968），這是一部百看不厭的電影，每看一次都有新的發現，借完又借，不知看了多少遍。在剪接上也有很多突破，像人猿把骨頭往上一拋，下個鏡頭就接上太空船飛行。

對於剪接，六先生最不喜歡電影中有倒敘（Flash Back）的技巧，他是絕對地贊同平鋪直敘，從頭說起的講故事方式，但只要戲拍得好看，他也不在乎導演怎麼剪的。

最尷尬的一次，是試片間坐滿外賓，前來觀賞《獵鹿者》（The Deer Hunter）（1978）的時候。

故事敘述一群好友，在美國鄉下的生活，他們在一起，有的戀愛，有的結婚，時而出去獵殺野鹿，回到酒吧喝酒。鏡頭一轉，他們已從軍，越南的樹林，飛機轟炸，把一個越南人的村子夷平。

這時方小姐忽然跳起來大罵可憐的放映師阿邦，說怎麼可以把菲林卷數弄亂？我悄悄地溜出試片室，頭也不回。

配音間

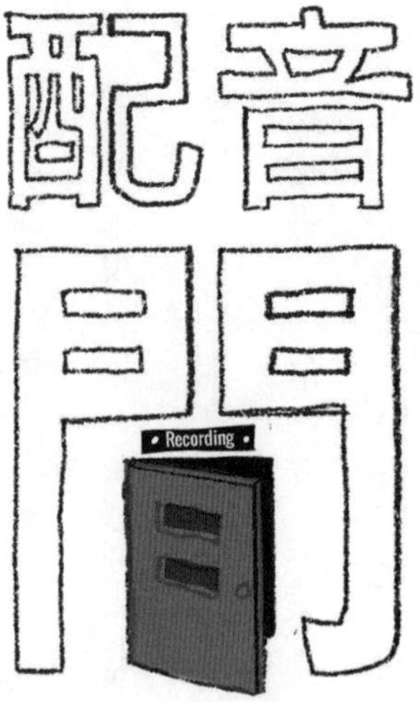

從標誌性的邵氏大樓，爬上三層梯階走出去，經一條長廊，就可以抵達配音間。

配音間有多個，最小的是配對白的，有時分兩班，日夜開工。在文藝片、黃梅調和武俠片的初期，配的都是國語，由台灣來的毛威主掌，後來李嵐接手，男主角的聲音聽來聽去都是由張佩山配的，李嵐的也不少。《七十二家房客》（1973）年之後，觀眾要求本土化，一切香港片都講粵語了，由丁羽領班。

配音間的主管叫柏文祺，他也是秘書處的頭頭，娶了女演員高寶樹。他們包辦了所有外語片的配音，像韓國、日本的電影，都由高寶樹負責。高寶樹人不老，年輕時已演老太婆角色，後來自己出來當導演，拍了不少戲，衣着大膽，常不扣上衣幾顆鈕扣，找倪匡兄談劇本時，他說不知道不看好，還是看好。

日本片的對白沒有人聽得懂，配音員們有一句術語，叫「數口型」，一二三四，張嘴多少次閉嘴多少次，就可以配出完美的國語對白來。

叫為大配音間的，從前可以容納四十人的樂隊，看着大銀幕的放映來配音樂，製作是非常嚴謹的。最後一次出動樂隊是配井上梅次的《香江花月夜》（1967），由他帶來的日本音樂大師服部良一堅持之下，向香港交響樂團請了七八十人來伴奏。

從此大配音間的牆紙剝落，久未被運用，改為配效果，工作人員拿了大鐵條，在地上敲着，發出的聲音就像刀劍交加。另有一個木做輪子，鋪上帆布，捲動起來，便發出風暴聲。地上有數行跑道，一是碎石，一是柏油，一是細沙，看演員在甚麼路上走。

沒有了真人的樂隊，用的是甚麼？行內術語叫「罐頭音樂」（Canned music），是大批地向外國買來，沒有版權問題的作品，許多片子都重複又重複地運用。這也算有良心，懶了起來，就直接向外國片「借用」，觀眾覺得似曾相識時，可能是〇〇七電影的插曲。

從邵氏大樓，走向配音間的一條走廊，旁邊的一間小房子配背景音樂，走過時會遇到一位笑嘻嘻的長者，身材略胖，西裝筆挺，灰白的頭髮蠟得發亮，這就是配樂大師王福齡（1925-1989）了。

你也許不知道他是誰，但大多數的影迷都會聽過他寫的不朽名作《不了情》。王福齡來自娛樂世家，曾在上海光華大學及國立上海音樂專科就讀，到了香港之後替多家唱片公司撰寫流行曲，一九六〇年加入邵氏，他替公司配的背景音樂無數，其中包括了《船》（1967）、《金燕子》（1968）和《大盜歌王》（1969）。

記得王先生很健談，問他關於上海年代的流行曲人物他都會詳細地講給我聽，口擔着鑲金的煙嘴，香煙抽個不停，一面聊一面哈哈地笑。我到現在還很清楚地記得他那兩顆大大的眼睛，躲在那副金絲眼鏡後面，一聊到方小姐，他們同事多年，絕對閉口，一字不提。

王福齡雖然上過音樂專科，但英文是不行的，對西方音樂一竅不通。

浪漫
悲苦

偶而他也會用名曲來配樂，但曲子叫甚麼他就不知道了，對於西洋音樂，他全憑感覺，認為他感覺到甚麼就甚麼。

一天，學貫中西的胡金銓聽了王福齡配上一段戲後，即刻向他抗議：「喂，這故事發生在明朝，怎麼會配上一九〇五年的曲子？」

王福齡不服：「這是一段悲哀的戲，這首曲子一聽就感覺到悲傷。」

「甚麼悲傷？」胡金銓大叫：「那是杜浦西（Debussy）作的曲子叫《海洋》，哪來的甚麼悲傷？」

王福齡在任時，請了一位助理，因為太年輕，怕別人說他不夠穩重，所以留了八字小鬍子扮老，這個人就是陳勳奇了。

陳勳奇的記性奇好，師父要找甚麼音樂他即刻記得，但對西洋曲子也同樣一竅不通，所用的音樂也全憑感覺，認為悲哀就是悲哀，歡樂就是歡樂了。

後來他還醉心功夫，學了多年，自己粉墨登場拍了不少電影，最後也當了導演；他做過配樂師，反而沒有甚麼人記得。

在那間小小的配樂室中，王福齡退休後由陳勳奇接手，陳勳奇自己也請了個助手，很愛音樂，尤其喜歡方小姐所唱的歌。

一天，方小姐來巡察配音間，這個小助手見機會來到，即刻拿了方小姐的唱片讓她簽名，一方面表現自己是她的歌迷，一方面看看方小姐會不會因為他欣賞而升職。

翌日，他被炒了魷魚，原來方小姐不喜歡人提到她當歌星的往事。這時大家又想起王福齡，說他聰明絕頂。

年輕導演

在邵氏的那些年，結識不少電影導演。觀眾對導演的印象是，總是戴着黑眼鏡，咬着大雪茄，拿了一個麥克風發命令。老一輩的導演也許是這樣的，但年輕的只是牛仔褲一條，在你面前走過覺得也只是普通人一個。

動作片崛起後，有許多拍文藝片和黃梅調的老一輩都逐漸失去工作。記得有一位叫高立（1924-1983）的，寫過李翰祥的《貂蟬》（1958），得最佳編劇獎；當了導演後拍過《魚美人》（1965）等片子。他向我說：「我以後怎麼辦？我們只懂得做這一行，難道要叫我去開白牌？」（註：白牌，非法的士。）

當了導演之後，的確是其他甚麼事都做不了，很多由攝影師出身，做過導演再叫他們去拿攝影機，他們死都不肯。編劇出身的，也是一樣，不能由至尊無上的地位走下來，但香港電影無論拍得再多，導演的數目始終更多，怎麼讓個個導演都有工開呢。

新一輩的導演與我感情最好的是桂治洪（1937-1999），他來自台灣，從場記做起，再當副導，一步步爬起，是我推薦給六先生讓他當導演的，作品有《憤怒青年》（1973）、《成記茶樓》（1974）等。後來天映公司用數碼修復技術發行了多部 DVD，桂治洪得到年青一代的觀眾重新認識，大讚其作品的大膽和創新，認為是cult類片子的始祖。

談到桂治洪，有些鮮為人知的電影，那是他也拍過多部馬來片。在七十年代馬來西亞政府說邵氏在大馬賺取大量金錢，必須回饋馬來人社會，六先生就叫我去製作馬來電影，我和桂治洪單身匹馬到了吉隆坡，用當地所有人才，拍了最賺錢的《愛．吾愛》（Sayang Anakku Sayang）（1976），是「借用」了《兒女是我們的》（1970），而此片，卻也是「借用」了《孤雛血淚》（All Mine to Give）（1957）。

隨後又拍了多部，在其中之一的馬來武俠片之中，去到一個小島拍，桂治洪染上了肝病。他不煙不酒，除了太太之外也沒有別的女朋友，是一個最顧家的男人，太太先到美國，說要在當地開一家中國餐廳，桂治洪把儲蓄了多年的老本寄了過去，然後到我辦公室，叫我替餐廳題個字，高高

CULT
NEW

興興地拿着，跟着移民。

結果到了美國，只見人去樓空，錢全部被太太拿走，只剩下兩千美金，把他打發。他一個人到處流浪，最後落腳於一個墨西哥小鎮，在一家墨西哥人開的披薩店打工。

多年後墨西哥老闆退休，把店賣了給他，桂治洪在披薩下了些味精，墨西哥人沒有吃過，大讚甜美；味精一吃，口也渴了，可樂又大賣，賺了不少錢。每年最大的娛樂，就是乘郵輪周遊列國。

一天，我接到他兒子的電話，說父親遺言，死了第一件事就要通知香港的老友。

另一位年輕導演叫藍乃才，他在影城附近的一個叫大埔仔的村子出生，十五歲就在影城當小弟。他身材瘦小，但像老鼠般靈活，在片廠中鑽來鑽去，大家給他取了個花名叫老鼠仔。因勤奮好學，得到日本攝影師西本正賞識，一步步陞上，最後當了導演，拍《城寨出來者》（1982），至今還被影評人讚許。後來我在嘉禾和日本合作，未開鏡已得到大筆資金，成不敗之作，我和藍乃才拍了《孔雀王子》（1988）和《阿修羅》（1990）；同時期他也外借給日本公司拍日本片《帝都大戰》（1989）。他在一九九二年導演的《力王》，成為 cult 片的經典，但商業片始終並非藍乃才所好。

因為他結婚得早，兒子像他的朋友，兒子去到哪裏工作他跟到哪裏。在二〇〇八年他還在粵北山區的孤兒院當義工；最後在哈蘇攝影機公司當顧問，周遊世界，用哈蘇相機拍下多幅藝術作品。不見他多年，我最懷念的是這位老友。

在七十年代，尖沙咀有一家出名的滬菜館叫「一品香」，位於金巴利新街，走進門口就能看到一個巨大的銅製火鍋，裏面賣油豆腐粉絲，另在一個涼菜檔口，賣數十樣的小吃，像玻璃肉、燻鯽魚、油爆蝦、羊膏、醬鴨、紅腸等等。花樣之多，是當今上海館子看不到的。

「一品香」的熟客龍蛇混雜，最多的是漂亮的歡場小姐，由火山孝子帶來吃宵夜。我最愛光顧此店，為的是喜歡聽伙計和客人講的故事。各種人物都有，都是活生生的，萌起我想拍此類電影，帶頭寫了《龍虎武師》這個劇本，拍成《香港奇案》（1976）其中一個故事，結果這個系列大受歡迎，也啟發了後來一代的奇案片和電視片集。

《奇案》用的多是年輕導演，當然有桂治洪和華山等人，出色的還有孫仲拍的《廟街皇后》（1977）。

孫仲來自台灣，是山東人，個性火爆，一次聽到方小姐批評他不懂電影，又在服裝和道具的採購中諸多阻礙，光起火來直衝到辦公室，叫罵操你媽個啤，打死你為止。

我的辦公室就在隔壁，聽到了即刻出來阻止，說要打女人先得過我這一關。孫仲平時和我有說有笑，也給我三分薄面，算擺平了。事後有人向方小姐建議這種人應該炒魷魚，但她說千萬不可，我在明他在暗，萬一對方懷恨於心，來復仇怎麼辦？此事結果不了了之。

採購組

在邵氏機構，要買一個電燈泡也得先寫一張單申請，方小姐成立的採購組看完單後到每家電器行去格價，找到最便宜的，然後替你買來；我們這邊急着要用，一組工作人員拚命在等，也不管你。

「我們採購組買到的，一定是最便宜的。」

這句話真的嗎？真的。你去東家買開了，給你一個價錢，採購組跑到西家，說再下來我給你長期訂單，你算便宜給我。當然，我是西家的話一定答應，就算這單生意虧本也要做，別的東西提高價錢能賺回來呀。

拍一場市集戲街景，一定有些菜檔。本來買開的那一檔白菜五塊錢一斤，採購組就有本領買到四塊錢一斤的。同樣的白菜，樣子一模一樣，但便宜的只擺個一兩天就壞了，貴一點的那檔卻能擺四五天，採購組不管，只要有數據給六先生看我便宜一點的就是。

這一點，那一點，這一張單子，等格價，那一張單子，也等格價，人手再多，時間也得拖長。整組的工作人員，包括導演、副導演、場記、攝影師、助手、燈光師、服裝、道具等等，甚至到倒茶水給你喝的大姐們，小的一組幾十人，大的上百，還不算演員、茄喱啡和武師等等，這組人的薪金加起來也是一個大數目，但是不管了，只要有減完價的數目給老闆看到就是。採購組的勢力越來越壯大，簡直就像明朝的東廠。

有採購組，買的東西越便宜越好，日子久了，就在畫面上看到次等貨，水準也就降低了。張曾澤去拍《吉祥賭坊》（1972）時，採購組買來的布料做起的服裝難看到極點，向我訴苦。我年輕氣盛，跑去和採購組理論，到最後親自負擔起服裝設計的工作，自己跑到裕華去找布料，又請了當年最好的師傅來做戲服，出來的成績是明顯地不同。許多觀眾，包括星馬和台灣的都去裕華買何莉莉同樣的衣服，替裕華賺了一大筆錢。後來服裝部再去買，也算得很便宜。

但是小數怕長計的大道理總是行得通的。李小龍來談片酬，以美金算，顯然是貴。方小姐說如果答應了，今後公司的大明星都要求加薪，那怎麼辦？最後，只有把這個人才放棄，錢給嘉禾賺去。

同樣地，本來培養出來的明星，像《大軍閥》（1972）的許冠文也因片酬談不攏而放棄，嘉禾的冒起，真是拜方小姐所賜。

之前我也提過，電影是一種燒銀紙給觀眾看的行業，樣樣為了節省，質素當然下降，加上新藝城、德寶等新電影公司的崛起，邵氏的票房便節節敗退。

一天六先生皺着眉頭問：「再下去怎麼辦？再下去怎麼辦？」

聰明的六先生，不會不知道，我要說也是多餘，方小姐的勢力已穩固，六先生明知電影的天下已保不住，就轉向電視方面發展。他一早就擁有TVB的大股權，那時候方小姐還沒有把魔掌伸延去。電視台是一個巨大的賺錢工具，不過當年我心裏也在想，如果用同樣的手法處理電視台，始終

Approved

有一天會步入邵氏的後塵。

有一天，六先生也向我談到如何阻止別家公司的發展，我大膽地建議：「香港的戲院也只有那麼幾家，把戲院全部買下，他們哪裏跑？而且香港的地皮也只有一天比一天貴，這筆投資，是做得過的。」

六先生聽後笑着說：「你講的並不是沒有道理，但是地產這一行很另類。一碰到地產，對金錢的價值觀完全改變，一切都以千萬、百萬來算，不是我們這種一塊錢一塊錢賺起的人做得來。」

方小姐對省錢這方面是有她的一套，但我從來不知道她賺過甚麼錢，當勢力越來越大時，她曾經誇下海口：「我代表了觀眾，深知觀眾要些甚麼。」

第一部拍的戲叫《妙妙女郎》，用了歌星老友仙杜拉當女主角。記得片子在一九七五年十二月二十四日上映，戲院裏面只有阿貓阿狗三四隻，六先生做事也夠狠，只上映一天就把片子拉下來。

台灣還有一個叫周胖子的，做的水餃最出名，因欠了債逃到香港來，方小姐知道了就叫他來片場的餐廳賣水餃。第一天便排長龍，方小姐去巡視後向周胖子說：「就這麼一碗碗現做怎麼賺得了錢？煮好一大堆，客人叫到就加湯賣才行呀！」

周胖子大罵粗口：「你他媽的甚麼都會！別人都是傻瓜？」說完拍拍屁股走人。

兄弟反目

片廠給方小姐接掌後，電影的素質越來越降低，也越來越不賣錢。三先生知道了，一直叫六先生不讓方小姐插手，但六先生不聽就不聽。

兩兄弟一向是甚麼事都有商有量的，後來變成六先生叫三先生別過問。再加上三先生的大兒子邵維錦本來派來片場接班，也被方小姐迫走，兄弟

的分歧擴大。

我一向是個最守時的人，中午一點到兩點吃飯時間，我在餐廳隨便吃，或讓朱旭華先生叫到他家吃，也扒了三兩下就放下，爭取休息個十分鐘的空間，再趕回辦公室，多年來都是如此。因為每天在兩點正有一個製片會議，起初參加的人只是以主任陳翼青為主，再來是木工組、泥工組、漆工組、鐵工組、佈景師、道具和服裝主任等等十數個頭頭一齊開會，討論各個廠棚搭佈景的進度和拍攝的日期；後來加入的是採購組和方小姐，這一來可有大轉變。

兩點正大家坐在那裏等，等甚麼？等方小姐呀。她明明知道要開會，但是每天都一定要大家等她。她本人自己開私人會議，我們的就要等，等上一小時算客氣，有時一等就兩個鐘，這麼多的主管的人工加起來也不算少。時間就那麼白白地浪費，對於我這個最守時的人，是一種很不愉快的經驗。

有一段時期，片廠的人都說我的工作被架空了，天天在辦公室中寫毛筆字。這個說法並不正確，學習書法是真的，我一向對篆刻很有興趣，由世伯劉作籌先生介紹了馮康侯老師學習，馮老師說要學篆刻一定要由書法開始，不可以一跳跳到刻圖章去。我乖乖地練字練個不停，但都是在放工後的私人時間寫的，不像別人說我已被燉冬菇。

燉冬菇是粵語，工作被架空的意思。是的，一切事務不管大小，方小姐都插手，我在製片方面的工作當然是越來越少了，但我還是每天一早起床聽六先生的電話，陪他去看電影，看導演的毛片，剪接過長的電影等等，工作還是繁忙的。

東家不如意打西家，我當然曾經也想過辭職不幹，向家父提起，他把這事告訴了三先生，三先生叫我一定得忍，沒有他的許可不准離開。幾次要走，都想起三先生這番話。

我實在欠三先生太多。新加坡是有兵役制度，我人在海外，但也接到徵兵的來信，我想這下子完了，我是一個絕對不乖乖服從命令的人，叫我去當兵，我那刻想到《亂世忠魂》（From Here To Eternity）（1953）這部西片，法蘭辛那特拉被軍官拿起警棍打死的場面；擔心了好久之後，接新加坡軍部的通知說我已免役，鬆了一口大氣。怎麼那麼幸運？家父來信告訴我，是三先生用他的關係把我給拉了出來。當年三先生已做了新加坡旅遊局局長，有權做這種疏通，可是這不是沒有代價的，有人密告他私下利用職權，這時三先生大方地把他的小兒子即是邵維鋒送去當兵，說如

SB
SB

果要利用職權的話，怎麼不將自己的兒子免役？此事才告一段落。

所以我一想到不幹，就想到三先生對我的這段恩情，一直留了下來，就算看不慣方小姐的橫行霸道。

在宿舍生活時，家父和家母也時常由新加坡到香港來小住幾星期，兩人都喜歡我妻子張瓊文燒的一手好菜。在最後那次，父親告訴了我一個秘密，那是三先生叫他陪伴，兩個七老八老的人，不讓別人陪伴，去了東京，下機後直接到銀行，打開了兄弟共同的那個保險箱，發現裏面空空如也。所有最值錢的地契和股票及金幣，全被六先生拿走了。

我聽到後能做些甚麼？三先生對我有救命之恩，六先生在這些年來對我的培養和教導，也是不能忘記的。

事後我向六先生請假，去了新加坡一趟，見到三先生時，本來溫文爾雅的他，氣得整張臉都紅了，他說：「如果我身上還有一把手槍，一定一槍把他打死！」

家族遇過幾次的綁架事件後，警方發了手槍給三先生防身，後來天下太平了，手槍才被政府收回。

想起新加坡羅敏申路的邵氏老辦公室，走上樓梯時他們兄弟合抱的那張黑白照片，二人竟然會落到如此下場，不禁唏嘘。

我向三先生說，我對一切無能為力，在片廠的工作也不如意，可否辭職？

三先生聽了也黯然，點點頭。

回到香港，六先生特意地把我父親叫到辦公室，向他說要做一件驚天動地的事。甚麼驚天動地的事？那就是他把錢一億一億地捐給中國建學校。

六先生一向精明，連捐錢也精明，他捐錢時，叫對方也出同數目的款項才捐的，那麼一來，一億變兩億。

其實六先生把錢都拿到手，也不必向家父交代些甚麼，但是說了出來，也許心裏會好過一點，我想。

三先生中風的消息傳來，一直躺在醫院好幾年，人沒知覺，頭髮還是不停地生長。六先生最後去看了他一次，兩人之間有沒有說些甚麼？三先生聽不聽得到？這是他們兄弟之間的事了。

最後

六先生由新加坡返港後，我向他提出要離去的事。

他笑笑，搖搖頭，說別走好不好？你走了一大早誰和我聊天？

看我沒甚麼反應，知道我的去意已堅定，就提出：「不如這樣吧，我給你一億，你拿去在外面當獨立製片，拍好的片子交給我發行。」

當年的一億，不算是一筆小數目。我聽了之後也學着他笑了笑：「這筆製作費，我怎麼用，你不過問嗎？」

六先生點頭：「不過問。」

我說：「方小姐也不過問？她肯嗎？」

這次輪到他笑了。

「這麼一來，只有逼着您和她爭吵，增加了您的煩惱，我不忍心，還是讓我走吧。」我黯然地說。

「你知道你這麼做，是你自己辭職，我不必依照勞工法發辭退金給你的？」他說。

「這一點我倒沒有想到，是我自己的決定，您不必替我擔心。」我說。

我們就那麼和平地解決所有問題。之後我收到了六先生的支票，比勞工法規定的還要多，是真的想都沒有想到的。

我們還一直保持着良好的關係。他說我要來和他聊天時，隨便來好了，甚麼人也不必經過。我知道他說的是方小姐，大家都心照不宣。

之後六先生也邀請了我陪他上大陸去，所到之處，都有一群人來向他膜拜，專稱他為恩公。

六先生所做的慈善事業無數，在香港到處都可以看到邵逸夫樓。在大陸，有官方記錄的，所捐款項有七十四億五千萬，建設項目六千零十三個。

但六先生私人財產遠超過此數，他告訴我在他死去之前要全部捐出。照估計，他一共有二百億身家。到了晚年，他身體已虛弱，很多事都處理不了。

我離開影城後，旅遊了一陣子。也不能一直無所事事，就在外頭的獨立製片公司拍了幾部片，但越來越發現電影是一種團體合作的行業，除了大亨，絕對不是某某人作品，也越來越知道我喜歡的是看電影，而不是製作電影。我要的是百份之百一個人創作，所以慢慢地轉向寫作這一方面。一張稿紙要不了幾個錢，我要寫甚麼是甚麼，完全不受別人的影響。這才是我一直嚮往的。寫專欄的日子漸多，曾經有一個時期，我在最有聲譽的《明報》和銷路最高的《東方日報》同時寫專欄，更有數不清的週刊雜誌，在這方面發展得如魚得水。

一天，嘉禾的何冠昌先生找我，要我進他公司做事，他知道我喜歡旅行，並能用多種語言與外界溝通，嘉禾和日本的合作多，需要我這種人，我們一談即合。

剛好那時是香港電影最黑暗的時代，各地的惡勢力見電影可以到處賣埠，版權經銷到非洲各國，歹徒都來搶生意，有的更向成龍伸出魔掌，鄒文懷先生把我叫到他辦公室，說：「你即刻帶成龍走。」

「去哪裏？」我問。

「能去哪裏，是哪裏。有多遠，走多遠！」

「甚麼時候？」

「今晚。」

我一聽，正中下懷。這世界我最喜歡的都市是西班牙的巴塞隆拿，那裏有畢加索、米羅，達里還有一座一百年也沒有完成的「神聖家族贖罪教堂」，是我最崇拜的建築家高地的作品，加上數不盡的美食。

我們在那裏連寫劇本和拍攝，住上整整的一年，我也享盡了這一年美好的時光。接着是南斯拉夫和日本等等地方。在工作的餘暇，我記載了所有經歷，也為我自己今後的旅遊事業打下基礎，我看準了高級旅行團的生意，認為前途是無量的。

六先生偶爾也來電話，打聽一下外面的製片情況。聰明的他，已從電影發展到電視方面去，但還是每天看電影，一直問我有甚麼值得看的片子。

有時，六先生會叫我帶一兩位女明星，和他一齊吃頓飯。記得有次臨時決定去半島酒店的 Gaddi's 吃牛扒，我說我來不及回家換西裝了，身上只有一套長衫，他說不要緊，你來好了。到了門口，侍應見我沒穿西裝打領帶，面有難色，六先生大發脾氣：「那是中國的禮服，你們不讓穿中國禮服的人進去？」結果經理連忙走出來道歉，大叫歡迎歡迎。

方小姐以六先生健康為理由，逐漸隔絕了六先生見任何人。我看過一些友人和傳記中的人物，那些做情婦而辛辛苦苦爬上來的女人，到了最後總要把男人佔為己有。

最後一次，在一個星期天，我心血來潮去見六先生，片廠中沒有人，從門縫中望進去，那麼一間巨大的辦公室，像銀幕上的一個遠景鏡頭，六先生從家裏抱來了一隻貓，放在桌上，和貓對話。忽然感到一陣悲哀，打消了走進去的念頭。我從此再也沒有看到六先生。

——完——

在邵逸夫身邊的那些年

蔡瀾——著

蘇美璐——圖

出版　天地圖書有限公司
香港黃竹坑道四十六號新興工業大廈十一樓
電話：2528 3671　傳真：2865 2609
香港灣仔莊士敦道三十號地庫（門市部）
電話：2865 0708　傳真：2861 1541

責任編輯　吳惠芬

設計　Untitled Workshop

印刷　亨泰印刷有限公司
柴灣利眾街二十七號德景工業大廈十字樓
電話：2896 3687　傳真：2558 1902

發行　聯合新零售（香港）有限公司
香港新界荃灣德士古道二二〇至二四八號
荃灣工業中心十六樓
電話：2150 2100　傳真：2407 3062

出版日期　二〇二一年七月／初版・香港
二〇二三年二月／第二版・香港